飛鳥井雅経と藤原秀能

Asukai Masatsune & Fujiwara no Hideyoshi

稲葉美樹

コレクション日本歌人選026
Collected Works of Japanese Poets

笠間書院

『飛鳥井雅経と藤原秀能』

目次

飛鳥井雅経

藤原秀能

凡例

一、本書には、鎌倉時代の歌人飛鳥井雅経の歌を二十八首、藤原秀能の歌を二十二首載せた。

一、本書は、表現の特徴について詳細に解説することを特色としながら、幅広い内容の和歌を通じて歌人の人生を見渡すことができるようにも配慮した。

一、本書は、次の項目からなる。「作品本文」「出典」「口語訳」「鑑賞」「脚注」「略歴」「略年譜」「筆者解説」「読書案内」「付録エッセイ」。

一、テキスト本文と歌番号は、主として『新編国歌大観』に拠り、適宜漢字をあてて読みやすくした。

一、鑑賞は、一首につき見開き二ページを当てた。

飛鳥井雅経と藤原秀能

飛鳥井雅経

01

み吉野の山の秋風さよふけてふるさと寒く衣《ころも》打つなり

【出典】新古今和歌集・秋歌下・四八三

吉野の山の秋風が夜更けた感じになり、ふるさとは寒く、寒々と衣を打つ音が聞こえる。

『百人一首』にも選ばれている、雅経の代表作の一首。建仁《けんにん》二年（一二〇二）八月一日に詠《よ》まれた私的な百首歌の中の作。この年雅経は三十三歳、その前年に『新古今集』*の撰者に任命されている。

この歌は「み吉野の山の白雪積もるらしふるさと寒くなりまさるなり」*という『古今集』の歌を本歌《ほんか》としている。本歌の「み吉野の山の」「ふるさと寒く」の部分を取って、本歌と同じ位置に置いている。後の建保《けんぽう》元年

【語釈】○み吉野の山―吉野山。「み」は接頭語。大和国の歌枕。現在の奈良県吉野郡。○ふるさと―古京。吉野にはかつて離宮があったことからこういう。○寒く―「ふるさと寒く」と「寒く衣打つ」の両方の文脈を構成する。○衣打つ―

（一二一三）に行われた歌合《うたあわせ》で、雅経は本歌の三句を取って歌を詠み、*判者《はんじゃ》を務めた*藤原定家《ふじわらていか》に取りすぎていると指摘されたことがあるが、この歌の場合もやや取りすぎということになろう。しかし、本歌が吉野の里の寒さを根拠に吉野山に雪が積もっているであろうと推測する冬の歌であるのに対し、この歌は晩秋の寒さを詠んでいる。それ以上に本歌と異なる点は、秋風と衣を打つ音とが耳で捉《とら》えられており、聴覚が用いられていることである。衣を打つという素材は、漢詩の「*擣衣《とうい》」を取り入れたものであるが、漢詩では夫を兵士として送り出した女が、夫の帰りを待ちながら行うものであった。和歌でも夫の帰りを待つ妻の寂しさを詠むことも多いが、この歌ではむしろ、遠くから響いてくる衣を打つ音を聞いている人物の方の寂寥感《せきりょうかん》が強く感じられる。

「秋風さよふけて」は、直訳すると、秋風が夜が更けてということになってしまうが、秋風の吹く音や家の中に入り込んでくる冷気から、すっかり夜が更けてしまったと実感される状態を言っているのであろう。夜更けの秋風と、衣を打つ寒々とした音、それを聞いている孤独な人物、このような秋の寂しい情景を*新古今時代の歌人たちは好んで歌に詠んだのである。

砧《きぬた》という道具で衣を打って、布地を柔らかくしたり、艶を出したりする。

*新古今集―第八番目の勅撰集。後鳥羽院の命によって編纂され、元久二年（一二〇五）一応完成する。

*み吉野の…―古今集・三二五・坂上是則。

*判者―歌合で、勝負の判定をする人。

*藤原定家―平安時代末期から鎌倉時代にかけて活躍した歌人。雅経と同じく『新古今集』の撰者で、『百人一首』を編んだ。（一一六二―一二四一）。

*擣衣―砧で衣を打つこと。

*新古今時代―『新古今集』の撰集作業が行われていた頃とその前後の時期を言う。

02

移りゆく雲に嵐の声すなり散るかまさきの葛城《かづらき》の山

【出典】新古今和歌集・冬・五六一

空を移っていく雲のあたりに嵐の音が聞こえる。まさきのかずらが散っているのであろうか、葛城の山で。

元久《げんきゅう》元年（一二〇四）十一月十日に*和歌所《わかどころ》で行われ、十一月十三日に*春日社《かすがしゃ》に奉納《ほうのう》された『春日社歌合』での作。歌合では、下句《しものく》について格調の高さが評価されて勝とされた。この歌合については、『*源家長《いえなが》日記』や藤原定家の日記『明月記《めいげつき》』によって詳細を知ることができる。代表的な歌人が召され、同等の力量の歌人が対戦するように配慮されたという。そのためであろうか、多くの秀歌が生まれ、『源家長日記』によると七首の歌に対して*後鳥羽《ごとば》

【語釈】○嵐―激しく吹く風。○まさきのかづら―テイカカズラなどとも言い、常緑の蔓植物。○葛城の山―大和国の歌枕で、現在の奈良県と大阪府の境にある山。

*和歌所―和歌のことを司る役所。建仁元年（一二〇一）七

院《いん》から*御感《ぎょかん》の御教書《みぎょうしょ》が下されたが、この歌もそのうちの一首である。また、この七首を含む十四首が『新古今集』に入集《にっしゅう》している。

上句《かみのく》は、強い風に吹かれて飛ぶように移動していく雲を見ていると、まるで雲から嵐の音が聞こえてくるように感じられる、という。周囲で吹き荒れる嵐の音が聞こえているのを雲から聞こえるかのように捉えたとする解釈と、周囲の嵐の音は読み取らない解釈とがあるが、後者と取り、嵐の音が聞こえるというのは作者の錯覚で、嵐の激しさを移動して行く雲という視覚によって捉えたものと考えたい。

下句では一転して葛城山へと思いをはせ、強風によってまさきのかずらが散る様《さま》を想像している。「落葉」という題の歌であるが、眼前《がんぜん》の紅葉を詠んだのではなく、散り交うかずらは想像上のものである。嵐の中、無数のかずらの葉が舞う様は、華麗で幻想的である。「まさきのかづら」の「かづら」と「葛城の山」の「葛」とが掛詞《かけことば》になっている。倒置《とうち》の「散るか」が強い調子を生み出し、掛詞を用いることによって言葉が緊密に連携して、引き締まった印象の歌となっている。歌合の判のとおり特に下句が優れていると思われるが、一首全体を緊張感ある声調で歌いあげた秀歌である。

月に、後鳥羽院によって復興され、『新古今集』の編纂が行われた。

*春日社―奈良市春日野町にある神社。現在は春日大社という。

*源家長日記―和歌所の開闔《かいこう》（書物や文書の管理などを行う役）であった源家長の日記。

*後鳥羽院―第八十二代天皇。『新古今集』を編纂させた（一一八〇―一二三九）。

*御感の御教書―感心したという文書。

03

影とめし露の宿りをおもひ出でて霜にあととふ浅茅生《あさぢふ》の月

【出典】新古今和歌集・冬・六一〇

秋にその光を映しとどめた露というはかない宿を思い出して、昔の跡を尋ねて来て、今は霜に宿っている浅茅生の月よ。

建仁元年（一二〇一）二月十六・十八の両日に行われた『老若《ろうにやく》五十首歌合』で勝とされた作。この歌合は、後鳥羽院が主催した初めての大規模な歌合であるとともに、雅経が参加した最初の大規模な歌合でもある。雅経は、前年の正治《しようじ》二年（一二〇〇）から後鳥羽院が主催する和歌行事に参加するようになったが、この歌合の歌人に加えられたということは、彼が後鳥羽院歌壇《かだん》*の一員として認められたことを意味する。さらに、雅経はこの歌合において二十五

【語釈】○浅茅生―丈の低い茅《ちがや》の生えている所。邸宅が荒れていることを示す。

*歌壇―歌人の集団、あるいは歌人の社会のこと。

勝十一負十四持《＊じ》という好成績を残しており、この歌合の歌十二首が勅撰集に入集している。同じ建仁元年の十一月三日に雅経は『新古今集』の撰者《＊せんじゃ》の一人に任命されており、この歌合で高い評価を受けたことが、その後の雅経の歌人としての地位を決定づけたのである。

露は、和歌に非常に多く詠まれる素材である。大気中の水蒸気が物の表面に凝結《ぎょうけつ》した水滴で、本来は季節と無関係であるが、和歌ではこの歌のように秋のものとされることが多い。また、消えやすいので、はかないものというイメージを持つ。この歌のように月光を映すと詠まれたり、涙の比喩《ひゆ》として詠まれたりすることも多い。「露の宿り」は、露というはかない宿の意で、秋に月の光が露に映っていたことをこのように表現した。

秋には月光は浅茅などに置いた露に映《うつ》っていたが、冬となった今は浅茅は枯れ果てて庭に置いた霜に映っているという情景を、月を擬人化して詠んだもの。「あととふ」は、人などがいなくなったり、亡くなったりした跡を尋ねる意で、秋に通っていた露を思い出して訪れたのにその姿はなく、待ち受けたのは露に変わってそこに置いた霜だったと、月を男、露を訪れを待っていた女に見立てたと解釈することができ、一編の物語のようである。

＊持―引き分けのこと。「もち」とも言う。
＊撰者―詩歌集を編纂する人。

04

白雲《しらくも》のいくへの山を越えぬらむ慣れぬ嵐に袖をまかせて

【出典】新古今和歌集・羈旅・九五五

白雲が幾重《いくえ》にもかかっている山を、いったいいくつ越えて来たのであろう。慣れない山の嵐が袖に吹くのにまかせて。

02「移りゆく」の歌で記した『春日社歌合』の翌日、元久元年（一二〇四）十一月十一日に行われた『北野宮《きたののみや》歌合』での作。＊北野天満宮に奉納された。この歌も相手の歌も良いとして持《じ》とされた。「いくへ」は白雲が幾重にもかかっている意と、幾重にも重なった山の両方の意。

雅経は、鎌倉に一時期在住しており、建久《けんきゅう》八年（一一九七）二十八歳の時に帰京した後も、現在確認できるだけで三回、京都と鎌倉とを往復している。

＊北野天満宮―現在の京都府上京区にある神社。

その三回とは、建仁元年（一二〇一）二月から三月、この歌が詠《よ》まれた後になるが、建暦《けんりゃく》元年（一二一一）九月から十月、建保三年（一二一五）九月から十月、である。建暦元年の下向の際には鴨長明《＊かものちょうめい》を将軍源実朝《＊みなもとのさねとも》に引き合わせている。また、建保三年の下向は順徳《＊じゅんとく》天皇の使いとしての任務を帯びたものであったことが、雅経の家集『明日香井集《あすかいしゅう》』によって知られる。このような、当時としては豊富な旅の経験が、雅経が羇旅歌《きりょか》を詠む際には生かされているのではないだろうか。

　この歌の場合、「慣れぬ嵐」という表現に、作者の実感がこもっているように思われる。山の強風は、普段の都での暮らしではあまり経験することのないものだったのであろう。そのような強風を受けながらここまで旅をしてきたというのである。また雅経には、同じ『新古今集』に「岩根《いはね》ふみ重なる山をわけすてて花もいくへのあとの白雲」（九三）という歌もある。こちらは幾重にも重なる満開の桜を詠んだ歌であるが、重なる山をいくつも越えて来た感慨を詠んでいる点や、用語の多くに「白雲の」の歌との共通件がみられる。いずれも歌合での作であり、実際の旅の途中で詠まれたものではないが、山々を越えて旅を続ける作者の姿が想像できるように思われる。

＊鴨長明―『方丈記』の作者。雅経らと同じく和歌所の寄人《よりうど》（一一五五―一二一六）。

＊源実朝―鎌倉幕府の第三代将軍。和歌を好み、家集『金槐集《きんかいしゅう》』がある。雅経は、実朝と都の歌人とのパイプ役を務めた（一一九二―一二一九）。

＊順徳天皇―第八十四代天皇。父は後鳥羽院（一一九七―一二四二）。

05

いたづらに立つや浅間《あさま》の夕煙《ゆふけぶり》里訪《と》ひかねる遠近《をちこち》の山

【出典】新古今和歌集・羇旅・九五八

むなしく立ち昇る浅間の山の夕煙よ。遠くの山、近くの山を見ても、今夜泊まる里を見つけられずにいる。

建永《けんえい》元年（一二〇六）七月二十五日に後鳥羽院が和歌所で催した『卿相侍臣《けいしょうじしん》歌合』での作。この前年に『新古今集』はひとまず完成しているが、*切継《きりつぎ》という和歌の入れ替え作業が行われていた。この歌も『新古今集』に切り入れられたものである。歌合では、「立つや浅間の」という表現が珍しいとされて、勝っている。

この歌は、『*伊勢物語』八段にも見える「*信濃《しなの》なる浅間の岳《たけ》に立つ煙遠近《をちこち》

【語釈】○浅間―浅間山。信濃国の歌枕。現在の長野県と群馬県にまたがる活火山。

*切継―追加することを「切り入れる」、削除することを「切り出す」という。『新古今集』の切継は、元

人《びと》の見やはとがめぬ」を本歌としている。本歌は、浅間山に立つ煙を、遠くの人も近くの人も見て怪しまないことがあろうかと、浅間山の噴煙《ふんえん》を目にした都人がその景を珍しく感じて詠んだもので、同じように浅間山の噴煙を題材としていても、内容は全く異なる。雅経の歌では、旅をしていて夕方になり、一夜の宿を求める。炊事《すいじ》の煙を目印に里のありかを探すのだが、あちらこちらの山を見まわしても浅間山から立ち昇る煙が見えるばかり。「いたづらに」は、噴煙では里の目印とならないことを言う。まもなく日が暮れようとしているのに、宿を探し求めることのできない心細さがよく表れている。歌合の判詞《はんじ》で、「立つや浅間の」が珍しいとされているのは、噴煙をこのよう捉《とら》えたことを言っているのであろうか。

「夕煙」という語は、新古今時代に流行した。雅経はこの歌以外にも三首にこの語を用いている。そのうちの一首、「*旅人の思ひは富士の夕煙はれぬみ空をながめてぞ行く」は、建保三年に鎌倉へ下向《げこう》した際の歌である。旅人の思いは晴れることがなく、富士山の夕煙で晴れない空を眺めながら旅を続けて行くという意。この歌でも噴煙を詠むが、煙のせいですっきりしない空と旅の途次《とじ》の自分の心とを重ね合わせている。

久二年（一二〇五）三月から承元四年（一二一〇）九月頃までの約五年間行われた。

＊伊勢物語――平安時代の歌物語。作者未詳。

＊信濃なる…――新古今集・九〇二・在原業平。

＊旅人の…――明日香井集・雑。

06

消えねただ信夫《しのぶ》の山の峰《みね》の雲かかる心の跡もなきまで

【出典】新古今和歌集・恋二・一〇九四

消えてしまいなさい、さっぱりと。信夫の山の峰にかかる雲よ。同様に、このような秘かにあの人を思う心など、跡形もないまでに消えてしまいなさい。

建仁二年（一二〇二）二月十日に和歌所で行われた*『影供《えいぐ》歌合』での作。この歌合は残っていないが、『明月記』により雅経が*講師《こうじ》を勤めたことが知られる。

初句の「消えねただ」という強い調子が印象的である。「かかる」は、雲が「懸かる」と、このようなの意の「かかる」との掛詞。このような心とは、「信夫の山」の名により、忍ぶ恋、つまり自分の思いを隠す恋であるこ

【語釈】○信夫の山―陸奥国《みちのくに》の歌枕。現在の福島県福島市にある山。

*影供歌合―歌聖柿本人麻呂《かきのもとのひとまろ》の肖像画を掲げて行う歌合。鎌倉時代に流行した。

*講師―歌会や歌合などで詩歌を読みあげて披露する

とが暗示されており、信夫山にかかる雲は、晴れやらぬ心をイメージさせてもいる。その信夫山にかかる雲と、自分自身の忍ぶ恋の思いの両方に対して、消えてしまえと言っているのである。

信夫山を詠んだ歌は、早く『伊勢物語』十五段に「信夫山忍びて通ふ道もがな人の心の奥も見るべく」がある。人目を忍んで通う道があればいいのに、あなたの心の奥も見ることができるようにという意で、「信夫山」は「忍びて」を導く働きをしている。

その後しばらく信夫山は詠まれなかったが、平安時代末期になってまた詠まれるようになった。その多くが、『伊勢物語』の歌の影響下にある忍ぶ恋の歌で、藤原定家・*藤原家隆《いえたか》ら、新古今時代の歌人も多く詠んでいる。雅経にも「*たづねばや五月こずともほととぎす信夫の山の奥のひとこゑ」という歌もある。ほととぎすは、その鳴き声が非常に愛された鳥であるが、五月に鳴く鳥で、それ以前には忍んで鳴くとされていた。従ってこの歌は、尋ねて行って聞きたいものだ、五月が来なくても、ほととぎすが信夫山の奥で人目を忍んで鳴く一声を、というもの。忍ぶ恋の歌ではないが、『伊勢物語』の影響下で詠まれた歌のヴァリエーションの一つ。

人。

*藤原家隆—『新古今集』の撰者の一人（一一五八—一二三七）。

*たづねばや……—明日香井集。

07

草枕《くさまくら》結びさだめむ方《かた》知らずならはぬ野辺《のべ》の夢の通ひ路《ぢ》

【出典】新古今和歌集・恋四・一三一五

草を結んで枕にするのに、どちらに向ければよいのかわからない。慣れない野の、夢の中であなたに会いに行く通い路は、どの方角なのであろう。

建仁二年（一二〇二）九月十三日に後鳥羽院が*水無瀬《みなせ》離宮で催した『水無瀬殿恋十五首歌合』で勝とされた歌。この歌合から歌を撰んで『*若宮撰歌合《わかみやせんかあわせ》』と『水無瀬桜宮《さくらのみや》十五番歌合』が作られたが、撰《えら》ばれて勝とされている。題は「羈《き》中恋《ちゅうのこい》」、つまり旅の途中での恋である。野宿をする時の恋の思いを詠んだもの。

この歌は「*宵々《よひよひ》に枕定めむ方もなしいかに寝し夜か夢に見えけむ」という『古今集』の歌を本歌としている。「宵々に」の歌は、毎晩どちらに枕を向け

【語釈】○草枕―草を結んで枕にすること。○夢の通ひ路―夢の中で、恋人に会うために行き来する道。

＊水無瀬―摂津国あるいは山城国の歌枕。現在の大阪府三島郡を流れる水無瀬川一帯。後鳥羽院の離宮があっ

たら良いのか決める方法もわからない、どのようにして寝た夜にあの人が夢に見えたのであろうかという内容。枕を向ける方向によっては恋しい人が夢に見えるという俗信があったらしい。雅経の歌は、同じように枕を向ける方向がわからないと詠んでいるが、旅という要素が加わったことにより、大きく趣が変化している。旅で通り過ぎるだけの慣れない野、心細い気持からせめて夢の中で恋人に会いたいと願うが、慣れない場所であるため方角がわからない、そのことが一層心細さを募《つの》らせるのである。

「ならはぬ野辺」という表現を用いた歌はこの歌以前にはなく、以後も少ない。04「白雲の」の歌には「慣れぬ嵐」という表現が見られたが、いずれも旅の途中で出会った景物に対して慣れないと言っており、雅経の旅の経験を反映した表現であるかもしれない。「ならはぬ野辺」と詠んだ歌に、雅経と関わりの深い源実朝《さねとも》の「露*しげみならはぬ野べの狩衣《かりごろも》比《ころ》しも悲し秋の夕暮れ」がある。露がびっしりと置いているので、慣れぬ野で狩りをして狩《かり》衣《ごろも》を濡らしてしまった、折しも悲しい秋の夕暮れにという意で、「羇中夕《きちゆうのゆう》露《つゆ》」の題で詠まれた。実朝がこの雅経の歌から学んだ可能性も考えられる。

た。

*『若宮撰歌合』と『水無瀬桜宮十五番歌合』―歌は同一で、一部の判と判詞のみ異なる。この歌の判は同一。

*宵々に……古今集・五一六・よみ人しらず。

*露しげみ……金槐集・雑。

08

君が代《よ》にあへるばかりの道はあれど身をばたのまず行末の空

【出典】新古今和歌集・雑下・一七六三

すばらしいわが君の御代《みよ》にめぐり合うという程度の道はあるけれど、この身を頼みにしてはいない、将来については。

『明日香井集』によると、建永元年（一二〇六）八月一日に後鳥羽院が催した『卿相侍臣嫉妬歌合《けいしようじしんねたみ》』の時の作。この歌合は現在残っていないが、『明月記』に記事があるほか、『新古今集』にこの歌を含む八首*が一括《いっかつ》して収められていることなどによって、ある程度その実態を知ることができる。

雅経は、歌道と蹴鞠《*けまり》の二つの芸の道で認められて活躍した。彼は一時期、京都を離れて鎌倉に在住していたが、建久八年（一一九七）二十八歳の時、後鳥

＊八首―一七五七から一七六四。

＊蹴鞠―貴族の遊び。庭上で、数人が、鞠を落とさないように高く蹴り上げ続けるもの。

羽院に命じられて上洛《じようらく》した。それは蹴鞠の会に出席するためであった。その後和歌の才能が院に認められて多くの歌合や歌会に参加し、また『新古今集』の撰者の一人にもなった。従って、この歌の「君が代」は後鳥羽院の御代を、「道」は和歌と蹴鞠の道を指す。

この歌が詠まれた時、雅経は三十七歳で、従四位下左少将《じゆしいげ＊さしようしよう》であった。この時代、どの程度の地位まで昇ることが可能かは、家柄によってほぼ決まっていた。その中で、院に認められて今の自分があることは幸運であるが、自身の能力と家柄《いえがら》からして、将来さらに立身することは期待していない、というのである。後鳥羽院主催の歌合で詠まれた歌であることを考えると、院への感謝の気持ちと謙遜《けんそん》も込められていようが、自分の半生を客観的に見つめて、それに対する感慨を率直に歌っている。三十七歳という年齢は、当時としては既《すで》に若くない。現状にある程度満足はしているものの、これ以上のことは望めない、我が身の限界を知る寂しさがにじみ出ており、共感する現代人も少なくないのではないだろうか。雅経と同時代には藤原定家という巨星を筆頭に、多くの優れた歌人が活躍していた。雅経は、その中での自分の立場を冷静に見極めていたのであろう。

＊左少将―左近衛府《このえふ》の次官。中将の次の地位。

09

なれなれて見しは名残《なごり》の春ぞともなど白河《しらかは》の花の下陰《したかげ》

【出典】新古今和歌集・雑上・一四五六

長年立ち馴れて親しんで来て、見るのは今年の春が最後だと、どうして知っていたであろうか、白河《しらかわ》の最勝寺《さいじようじ》の桜の下陰にいて。

この歌には非常に長い詞書《ことばがき》があって、詠まれた事情がよくわかる。長年馴《な》れ親しんできた、蹴鞠を行う場に植えられていた桜があった。それが風で倒れたために植《う》え替《か》えられた時、哀惜《あいせき》の気持ちを歌ったものであるが、まるで人間との別れを詠んだかのようである。雅経は、蹴鞠の飛鳥井流という流派の祖である。また、前の歌で記したように、後鳥羽院にまず蹴鞠の才能を認められ、その後和歌の世界で活躍するようになった。従って、雅経にとっ

【詞書】最勝寺の桜は、鞠のかかりにて久しくなりにしを、その木年古《ふ》りて、風に倒れたるよし聞き侍りしかば、をのこどもにおほせて、異木《ことき》をその跡にうつしうゑさせし時、先づまかりて見侍りければ、あまたの年々暮れにし春まで、立ち

て蹴鞠の道は、貴族社会での自分の立場を確立するために重要な働きをしたものであった。その蹴鞠を行う場に植えられていた桜は、自分を見守ってくれている存在であるかのように感じていたのではないだろうか。そして、人間よりも寿命の長い木は、これからもずっと見守ってくれると漠然《ばくぜん》と思っていた。それを突然失った寂しさが滲《にじ》み出た歌である。

「なれなれて」という表現は、平安時代後期から用いられるようになった。雅経と同時代の歌人、*藤原良経《よしつね》・*慈円《じえん》・藤原定家らが繰り返し詠んでおり、新古今時代に流行した表現であった。雅経にも他にもう一首「なれなれて」という表現を用いた歌がある。雅経はこのように、流行の表現などを好んで用いた。「白河」の「白」と「知ら」とは掛詞。上からの文脈では「など知ら（む）」で、どうして知っていようかの意。下へ続く文脈では、この歌の舞台となった最勝寺《さいしょうじ》のあった場所である白河という地名になる。

この原稿を執筆している平成二十二年、鎌倉の鶴岡八幡宮の銀杏《いちょう》の木が、同じように強風で倒れてしまい、再生が試みられている。長年慣れ親しんだ木への愛着の思いは、雅経の時代の八百年後を生きる現代人も失っていないようである。

なれにけることなど思ひいでてよみ侍りける〈最勝寺の桜は、長年、蹴鞠の庭の木であったが、その木が年老いて風で倒れてしまったと聞きましたので、後鳥羽院が男たちに命じてほかの木をその跡に移し植えさせた時、真っ先に行って見ましたら、長年立ち馴れ、また暮れてしまったこの春まで立ち馴れていたことなどを思い出して詠みました歌〉。「鞠のかかり」は、蹴鞠の庭の四隅に植える木で、桜は東北の隅に植えられた。

*藤原良経―太政大臣に至る。多くの歌会・歌合を主催する。定家と主従関係にあった（一一六九―一二〇六）。

*慈円―良経の叔父。天台座《ざ》主《す》（一一五五―一二二五）。

10

ほととぎす鳴くや五月《さつき》の玉くしげ二声《ふたこゑ》聞きて明くる夜もがな

【出典】新勅撰和歌集・夏・一四九

ほととぎすの鳴く五月、せめて二声聞いてから明ける夜があればいいのに。

建保四年（一二一六）閏《うるう》六月に、順徳《じゅんとく》天皇の内裏《だいり》で行われた『内裏百番歌合』で勝とされた歌。詞の続け方が非常に巧みな作である。「玉」は掛詞で、上からの文脈では「五月の玉」、下に続く文脈では「玉くしげ」となる。「玉くしげ」は、箱と関係のある「ふた（蓋）」「あく（開く）」などにかかる枕詞。「玉」は美称の接頭語、「くしげ」は櫛などの化粧道具を入れる箱。ここでは蓋と同音の「二《ふた》」にかかる。「玉くしげ」と「ふた」「あくる」は縁語《えんご》。

【語釈】○ほととぎす鳴くや五月の―『古今集』の有名な歌「ほととぎす鳴くや五月のあやめ草あやめも知らぬ恋もするかな」（四六九・よみ人しらず）による。○五月の玉―薬玉《くすだま》のこと。五月五日の節句に用いられるもので、いろいろな

ほととぎすは夏に飛来する鳥で、五月に鳴くとされていた。春の鶯《うぐいす》とともに、その声が非常に愛された。夜にも鳴くところから、和歌では声を聞くために夜明かしをすると詠まれることも多い。また、飛びながらも鳴くため、一声しか聞けなくて満足できない気持ちが詠まれることも多い。

この歌は、夏の短夜《みじかよ》とほととぎすの声を一声しか聞けなくて物足りない気持とを詠んだ歌であり、内容的には目新しいものではない。『古今集』にも「*夏の夜の伏すかとすればほととぎす鳴くひとこゑにあくる東雲《しののめ》」などの類《るい》歌《か》があり、雅経にはこれを本歌とした「*一声もいづらは夜半のほととぎすまつかとすれば明くる東雲」がある。一声も発しないでどこに行ったのだろう、夜中のほととぎすは、待つか待たないかのうちに白んできた明け方であるよという、ほととぎすの声を聞けなかった歌である。工夫を凝らして何度も読みたくなる題材なのであろう。また、表現面でも「ほととぎす鳴くや五月」と詠まれている歌は多い。藤原定家がこの表現を用いずには和歌を詠むことができないと述べているほどである。従って、この歌で評価された点は詞の続け方の良さで、歌合の*判詞《はんじ》でも「鳴くや五月の玉くしげ」と続けたのが物の言い方を知っていて良いと言われている。

香料を袋に入れ、造花などで飾った。人を病気にしたりすると当時考えられていた邪気を払うもので、柱などに掛けた。

*夏の夜の……―古今集・一五六・紀貫之。

*一声も……―続後拾遺集・一七六。

*判詞―歌合で、勝負の判定理由を書き記したもの。

11

あしひきの大和《やまと》にはあらぬ唐錦《からにしき》竜田《たつた》の時雨《しぐれ》いかでそむらん

【出典】新勅撰和歌集・秋下・三四二

大和、すなわち日本ではない中国、そこから渡来した唐錦のような紅葉を、大和国の竜田の地に降る時雨がどうして染めるのであろうか。

【語釈】○あしひきの―「山」などにかかる枕詞。○竜田―大和国の歌枕。現在の奈良県生駒《いこま》郡斑鳩町《いかるがちょう》・三郷《さんごう》町《ちょう》の一帯。竜田山や竜田川が詠まれることが多い。

建保二年（一二一四）八月十五日に後鳥羽院が水無瀬で催した『秋十首撰歌《せんか》合《あわせ》』での作。撰歌合とは、あらかじめ詠んだ歌の中から秀歌を撰んで行う歌合のこと。この歌合は現存しておらず、詳細は不明。『後鳥羽院御集《ぎょしゅう》』および藤原定家の家集『拾遺愚草《しゅういぐそう》』にはこの時の歌がそれぞれ十首収められているが、『明日香井集』には右の歌を含めて六首収められている。六首中四首までが勅撰集に入集しているので、この六首が撰ばれたのであろうか。

この歌は、前の歌同様、詞の用い方が巧《たく》みな歌である。「大和」は日本の意と、竜田のある大和国の意の両方を生かしている。「唐錦」は中国から渡来した錦、転じて豪華な錦で、和歌では紅葉の比喩《ひゆ》として用いられることが多い。この歌でも舶来《はくらい》の錦の意と、紅葉の比喩の両方に用いられている。さらに「唐錦」は、「たつ（裁つ）」にかかる枕詞でもあり、ここでは同音の「竜（田）」にかかる。「大和にはあらぬ」は「唐錦」を導く序詞《じょことば》。

この歌は、「敷島《*しきしま》や大和にはあらぬ唐衣《からころも》頃もへずしてあふよしもがな」という『古今集』の歌を本歌としており、「大和にはあらぬ唐」という表現はこの本歌から取ったものである。しかし本歌では上句《かみのく》は、「衣」と同音の「頃も」を導く序詞で、歌の主題は「頃も」以下の、時間を置かずに逢《あ》う方法があればいいのにという部分にある。このように歌の内容と関わらない序詞を、無心の序という。それに対して、雅経の歌の場合は、同じ序詞でも内容的に関わりを持つ有心《うしん》の序である。竜田の紅葉を唐錦に見立て、唐の国の錦なのになぜ大和の時雨が染めるのかと疑問を投げかけた歌。紅葉の美しさを直接詠むのではなく、言葉の持つ意味を最大限に活用して、理知的に表現した。

＊敷島や……古今集・六九七・紀貫之。「敷島や」は大和にかかる枕詞。

12

たちかへり又もや越えむ峰の雲跡《あと》もとどめぬ四方《よも》の嵐に

【出典】新勅撰和歌集・羈旅・五二九

戻って来て、また越えるのであろうか。峰の雲を跡もとどめないほど激しく四方に吹くこの嵐の中を。

＊『道助法親王《どうじょほっしんのう》家五十首』中の一首で、「山旅」という題で詠まれた歌。この五十首歌は、建保六年（一二一八）頃命令を受けて、承久《じょうきゅう》二年（一二二〇）までに歌を献上したものと考えられるので、雅経晩年の作である。ちなみに、この歌は『新拾遺集《しんしゅういしゅう》』にも入集《にっしゅう》している。勅撰集には、それ以前に成立した勅撰集に収められている歌は入集させないことになっているので、撰者の見落としということになる。

＊道助法親王―後鳥羽院第二皇子（一一九六―一二四九）。

峰の雲を跡形もなく吹き払う激しい嵐の中を、山を越えて旅してきたが、帰路にはまた同じ道をたどらなければならないのかと、思いやっている歌。「跡もとどめぬ」は雲のことを言っているが、自分の身の危険も暗示しているとも読み取れ、旅の苦しさが伝わってくる。ただし、『明日香井集《あすかいしゅう》』や『道助法親王家五十首』では、この句は「跡も定めぬ」となっている。この場合は行方が定まらない意となり、自分の旅に重ね合わせると、苦しさよりも不安を強く感じさせる。

雅経には何度か京都と鎌倉とを往復した経験があったことは04に記したが、そのうち、建暦元年（一二一一）九月に鎌倉へ下向《げこう》した際には、九月二十四日までと、十月二十二日以降は京都にいたことが資料によって知られるので、一ヶ月弱で京都と鎌倉とを往復したことになる。この時の旅には鴨長明《かものちょうめい》が同行し、鎌倉で将軍源実朝と対面した。雅経は実朝と都の歌人とのパイプ役を務めており、おそらく長明を鎌倉に送り届けて京都にとんぼ返りしたものと思われる。雅経は当時四十二歳。かなりのハードスケジュールであるが、そのような旅であれば、往路においても帰路の道のりが頭をよぎることもあろう。この歌は、実際の旅の経験をふまえて詠んだ可能性がある。

13

花咲かでいく世の春にあふみなる朽木《くちき》の杣《そま》の谷の埋《む》もれ木

【出典】新勅撰和歌集・雑四・一三〇七

花が咲くこともなく何代の春に遭《あ》うこの身なのであろう、近江にある朽木の杣の谷の埋もれ木のように。

01「み吉野の」の歌と同じ百首歌の中の一首。「あふみ」は、「遇ふ身」と地名の「近江」とを掛ける。なかなか昇進できない自分を、花が咲かないいま何度も春を迎える谷の埋もれ木に喩《たと》えて嘆いた作。似た発想の歌に藤原顕《あき》輔《すけ》の「年ふれど人もすさめぬわが恋や朽ち木の杣の谷の埋もれ木」*がある*が、これは恋の歌で、長い間相手が心にとめてくれない自分の恋を、朽木の杣の谷の埋もれ木のようなものと言っている。下句が一致しており、時代が

【語釈】○朽木の杣―近江国の歌枕。現在の滋賀県高島市朽木一帯の杣。杣は、材木を切り出す山。○埋もれ木―長期間、水底や土中に埋もれて変質した木。「朽木」からの連想で用いられている。

近いことは問題となるが、本歌取《ほんかどり》と考えて良いように思われる。

　この歌は百首歌中の一首であるが、平安時代中期の歌人＊曾禰好忠《そねのよしただ》の「好忠百首」など最初期の百首歌は、我が身の不遇《ふぐう》を嘆く歌（述懐歌《しゅっかいか》という）が多いという傾向が強く、以後の百首歌もその傾向を基本的に受け継いでいる。雅経のこの百首歌も述懐歌が多い作品である。しかし、建久八年（一一九七）に鎌倉から上洛した後の雅経の経歴を見ると、比較的順調に昇進しているように思われる。この百首歌が詠まれた前年の建仁元年（一二〇一）には、『新古今集』の撰者の一人に選ばれており、歌人としても充実した日々を送っていた。従って、この歌に詠まれている不遇意識は本心ではなく、文学上の虚構であろう。この百首歌の末尾に置かれている歌は「言の葉を散らしおくこそあはれなれ朽ちぬ名もあらばと思ふばかりに」である。「言の葉」は和歌を指しており、自分の和歌を世の中に散らしておくことは、朽《く》ちることのない名を残せることになるのではないかと思うと、しみじみ感慨深いという意。「散らし」は、自分の歌に対する謙遜《けんそん》の表現であろうが、朽ちることのない名声を期待する気持ちが歌われており、こちらの方が本心に近かったのではないだろうか。

＊藤原顕輔―平安時代末期の歌人。定家たちとライバル関係にある六条家の人（一〇九〇―一一五五）。

＊年ふれど……―金葉集二度本・三八三。

＊曾禰好忠―家系・官歴など未詳だが、卑官であった。（九二三頃―一〇〇三頃か）。

14

空蟬《うつせみ》の羽《は》におく露もあらはれて薄き袂《たもと》に秋風ぞふく

【出典】続古今和歌集・秋上・二九四

蟬の羽に置く露も次第にはっきりと見えてきて、蟬の羽のような私の衣の薄い袂に秋風が吹く。

【語釈】○空蟬―蟬の抜け殻、また蟬そのものをも言う。

12「たちかへり」の歌と同じく『道助法親王家五十首』中の作。『源氏物語』空蟬《うつせみ》巻の空蟬の歌「空蟬の羽におく露の木がくれてしのびしのびにぬるる袖かな」を本歌《ほんか》とする。空蟬巻は、中流貴族の女性に興味を持った光源氏が、空蟬に心惹《ひ》かれるようになるが、空蟬もまた光源氏に惹かれはするものの、中流貴族の後妻《ごさい》となっている自分の立場を考えて拒み続けるという内容である。この歌は巻末にあり、蟬の羽の上に置く露のように木陰に隠れて、人目を忍び続けて流す涙に濡れる私の袖よと、揺《ゆ》れる女心を詠んだもの。『六百番歌合』*において、判者藤原俊成《しゅんぜい》*が「源氏見ざる歌詠みは遺恨のことなり」、つまり、『源氏物語』を読んでいない歌人は遺憾なことであると述べて以来、『源氏物語』は歌人にとって必読書となり、物語中の和歌や地の文の表現を取って歌を詠むことも多く行われた。雅経にも、『源氏物語』中の和歌を本歌としたと思われる歌が約二十首ある。「空蟬の羽におく露の」の歌を念頭に置いて詠んだと思われる歌も、この歌のほかに二首ある。

この歌では、初句《しょく》と第二句は本歌の表現をほぼそのまま用いている。しかし、雅経の歌は初秋を詠む四季の歌であり、内容を大きく転換させている。また表現面でも、本歌が露が木陰に隠れてと言っているのに対し、露があらわれてと言っており正反対である。露は和歌では秋のものとされることが多く、この歌で「露もあらわれて」と言っているのも、蟬の羽の上に置く露も秋になって段々とはっきりと見えるようになってきたことを表現したものである。まず、視覚で秋の訪《おとず》れを捉えた後に、蟬の羽のような薄い衣の袖に吹く秋風の冷たさでもう一度認識するという二つの段階によって、季節の変化を繊細に描き出している。

＊六百番歌合―藤原良経の主催した歌合。建久四年（一一九三）に成立した。
＊藤原俊成―藤原定家の父。『千載集』を単独で編纂した。その歌風を後鳥羽院は理想の一つとした（一一一四―一二〇四）。

15

池水《いけみづ》に巌《いはほ》とならんさざれ石の数もあらはにすめる月かげ

【出典】続古今和歌集・賀・一八七七

池水の中で長い年月を経て、いずれ大きな岩となるであろう小石の、数もはっきりと見えるほどに澄んでいる月の光よ。

建保六年（一二一八）八月十三日に順徳天皇が清涼殿《せいりょうでん》で催した和歌管弦の会『中殿御会《ちゅうでんぎょかい》』での作。和歌の題は「池月久明《いけのつきひさしくあかし》」一題のみであった。「我が君は千代に八千代にさざれ石の巌となりて苔のむすまで」*を本歌とする。「巌とならんさざれ石」は、本歌の内容を踏まえ、我が君の寿命は千代も八千代も続いて、小石がいつか大きな岩になるであろうとうたい、天皇の命・治世《ちせい》が末永く続くであろうと寿《ことほ》いだもの。

＊我が君は……―古今集・三四三・よみ人しらず。

池の底の小石一つ一つをはっきりと月の光が照らすという光景は、清らかで美しい。ただし、仁安《にんあん》二年（一一六七）に行われた歌合に類似の歌がある。「*小倉山《をぐらやま》下行く水のさざれ石も数かくれなく照らす月かな」で、作者*藤原清《きよ》輔《すけ》は近い時代の歌人である上、第三句以下はほぼ同じ内容で、本歌取と考えるにはやや問題があるが、雅経の歌は祝儀性が強い点が「小倉山」の歌と異なる。

『明日香井集』には、同じ時の同じ題の歌として「池水に千世はまかせつ久方《ひさかた》の雲居《くもゐ》の月の影もはるかに」も収められている。池の水に千代の繁栄はゆだねた、空の月の光もはるか未来まで変わらず池を照らすようにという意で、これも美しい歌ではあるが、「池水に千世はまかせつ」が唐突《とうとつ》で、少し意味がわかりにくい。おそらく、この歌が詠まれた歌会ではあらかじめ歌題《かだい》が知らされていたため、何首か詠んで、その中から優れたものを選んだのであろう。「池水に千世はまかせつ」の歌は、不採用となった作であるのに、『明日香井集』を編纂《へんさん》した雅経の孫の雅有《まさあり》が勘違いして収めてしまったと考えられる。しかし、その結果、後代の我々は当時の歌人たちが和歌行事に臨《のぞ》んだ時の努力の跡の一端に触れることができたのである。

*小倉山…―夫木和歌抄・一〇二〇六・藤原清輔。小倉山は山城国の歌枕。現在の京都市右京区にある。

*藤原清輔―平安時代末期の歌人。顕輔の子（一一〇四―一一七七）。

16

君まちてふたたび澄める川水に千代《ちよ》そふ豊《とよ》の禊《みそぎ》をぞ見し

【出典】続拾遺和歌集・賀・七五七

我が君のお出ましをお待ちして再び澄んだこの川水の中に、千代の繁栄が加わる豊の禊を拝見しました。

【語釈】○川水―禊を行う賀《か》茂川《もがわ》の水。○豊の禊―御禊《ごけい》とも言い、天皇が即位した時に大嘗会（その年に取れた穀物を神々に供える行事）に先立って河原で身を洗い清めること。

詞書によると、建暦二年（一二一二）豊の禊が再び行われた次の日、藤原定家《ていか》のもとへ送った歌。「ふたたび」とあるのは、前年、禊が行われた後に順徳天皇の准母《じゅんぼ》＊春華門院《しゅんかもんいん》＊が崩御《ほうぎょ》したために大嘗会《だいじょうえ》が延期され、再度禊が行われたことを指しており、そうした珍しい状況を題材とした歌。『続拾遺集《しょくしゅういしゅう》』にはこの歌しか収められていないが、『明日香井集』、および贈答の相手である藤原定家の家集『拾遺愚草《しゅういぐそう》』には、両者の歌が載《の》せられている。定家の歌は「君*が代の千代に千代そふ禊してふたたび澄める賀茂の川水」で、千代も栄える我が君の御代に、さらに千代が加わる禊を行われて、再び澄《す》んだ賀茂川の水であることですという意。いずれの歌も、禊が二度行われたことを川の水が再び澄んだと表現していて、千代も続く繁栄がさらに続くことが約束されたと見なしたのである。

『明日香井集』には、相手の名が明記されている場合に限ると、九人の人々との贈答歌が収められているが、他の人との贈答が多くて二組であるのに対して、定家との贈答は九組も見え、二人が親しく交流していたことが知られる。和歌のやりとりのきっかけとなった出来事のほとんどは、本人や家族に関わることで、この贈答だけが例外である。また、定家との贈答歌のうち八組は『拾遺愚草』にも見える。一方、藤原秀能《ひでよし》の場合は、家集『如願《にょがん》法師集』により、相手を特定できる贈答歌に限り、また、代作を除くと、十六人と贈答したことが知られる。雅経と同じく最も多いのが定家で三組ある。しかし、『拾遺愚草』にはいずれも載《の》せられていない。定家の、秀能への歌人としての評価は低かったと言われており、この雅経と秀能の扱いの差は、そのような意識から発生したものなのであろうか。

*准母―天皇の生母ではないが、母に准じる地位にある女性。
*春華門院―後鳥羽院の皇女（一一九五―一二一一）。
*君が代の…―拾遺愚草・賀。

17

山の端《は》に入《い》るまで月をながむとも知らでや人の有明《ありあけ》の空

【出典】新後撰和歌集・恋三・九九三

山の端に入るまで、私が月を眺めていたともあの人は知らずにいるのでしょうね、この有明の空のもとで。

【語釈】○山の端―山の稜線。○有明―夜が明けても空に月が残っていること。

＊詠進―詩歌を詠んで献上すること。

史上最大規模の歌合『千五百番歌合』での作。この歌合は後鳥羽院《ごとばいん》が主催したもので、建仁元年（一二〇一）六月頃に＊詠進《えいしん》され、歌合《うたあわせ》として成立したのは建仁二年中か、翌三年春頃と考えられている。雅経にとっては正治二年（一二〇〇）の『正治後度百首』、建仁元年に行われた『老若五十首歌合』に続いて参加した大規模な和歌行事である。建仁元年には『新古今集』の編纂事業も開始されており、活発な和歌活動が行われていた。非常に歌数が多いので判は十人で分担した。この歌の判を担当したのは、保守派の六条家の歌人、顕昭《＊けんしょう》である。

この歌は女の立場で詠まれたもので、男の訪れを待って一晩中月を眺めてしまったという内容。「ながむ」は単に眺めるのではなく、物思いにふけりながら眺めることを言う。有明とあることから、夜が明けるまで眺めていたことがわかる。「有明」の「有」は掛詞《かけことば》で、上からの文脈では「知らでや人のあり」と続いている。この部分は倒置《とうち》で、あの人は知らないでいるでしょうの意。自分がそのように過ごしたことを、恋人は知らないだろうと嘆いていて、相手を恨むのではないところに哀感が漂《ただよ》う。

歌合の判では、「有明の空」という表現が伝統的な言い方とは違う、昔の歌人は「有明の月」と詠んだものだと批判され、大した欠点ではないとしながらも、負と判定されている。しかし、「有明の空」という表現は、確かに比較的新しく用いられるようになったものであるが、顕昭の養父藤原顕輔の実子である清輔も詠んでいる。新古今歌人の間では流行した表現で、慈円《じえん》の家集『拾玉集《しゅうぎょくしゅう》』に三十七例も見えるほか、雅経自身もこの歌以外に十五首に詠んでいる。

＊顕昭―藤原顕輔の養子。実父は不明。多くの歌学書などを著わした（一一三〇頃―一二〇九頃）。

18

淵《ふち》は瀬《せ》に変はるのみかは飛鳥川《あすかがは》昨日の波ぞ今朝はこほれる

【出典】玉葉和歌集・冬・九四三

古歌《こか》にうたわれたように、深みが浅瀬に変わるだけであろうか、飛鳥川では昨日の波が今朝は凍っている。

前の歌と同じく『千五百番歌合』の歌。この歌は「世の中はなにか常なる飛鳥川昨日の淵ぞ今日は瀬になる」*を本歌としている。本歌は、世の中は一体何が不変であろうか、飛鳥川では昨日は深みであった所が今日は浅瀬に変わっているという意。「昨日」「今日」の対比のほか、飛鳥川から「明日」を連想させ、昨日は淵であった所が今日は瀬に変わっているだけでなく、明日はどうなるかわからないという気持ちも暗示している。無常感を詠んだ歌と

【語釈】○淵─水の流れが滞って深くなっている所。「瀬」の対。○瀬─浅瀬。○飛鳥川─大和国の歌枕。現在の奈良県高市《たかいち》郡にある高取《たかとり》山から発する。

*世の中は……─古今集・九三三・よみ人しらず。

して著名で、これを本歌とする歌も非常に多い。雅経と同時代では、後鳥羽院・藤原良経・藤原定家らが、これを本歌とした歌を複数詠んでいる。

この歌は、飛鳥川の変化を自然現象に焦点《しょうてん》を当てて詠む。本歌に詠まれているような変化ばかりではない、昨日は波立って流れていた飛鳥川が、一夜明けるとすっかり凍《こお》りついてしまっているというのである。変化を詠んでいるため無常を歌ったとも解《かい》せるが、四季の部の歌であるので無常が主題ではなく、自然が見せる表情の変わりようへの驚きを表現した歌である。本歌の、昨日・今日・明日の対比を踏襲《とうしゅう》しているが、今日の語が今朝に変わっており、一晩のうちに川が急速に姿を変えてしまったことを表現しているかと思われる。ただし、『明日香井集《あすかいしゅう》』『千五百番歌合』では「今日はこほれる」となっており、それに従えば、本歌と同一の語を用いたことになる。この歌の判者は藤原季経《すえつね》*で、持《じ》としたものの、飛鳥川の淵が瀬になると詠むことはありふれているが、この歌は氷をよりどころとしている点が巧《たく》みであると評価している。この歌が入集している『玉葉《ぎょくよう》集』は、京極派《きょうごくは》*と呼ばれるグループの歌人が編纂《へんさん》した。京極派は、自然の変化を鋭敏に捉《とら》えた歌などに特徴があり、この歌はそうした志向に合致したのであろう。

＊藤原季経―藤原顕輔の子で、六条家の歌人（一一三一―一二二一）。

＊京極派―鎌倉時代後期から南北朝時代にかけての五十年余りの間活動した歌人グループ。京極為兼《ためかね》を指導者としていた。

19

あはれとて知らぬ山路《やまぢ》は送りきと人にはつげよ有明《ありあけ》の月

【出典】玉葉和歌集・旅・一一五五

私をあわれに思って、見知らぬ山路を一人旅する間は送ってやったと、都の人々には告げておくれ、有明の月よ。

これも『千五百番歌合』での作であるが、歌合では負とされている。判者は慈円《じえん》で、歌*で判を記していて、判定理由はあまり明確ではない。

月は、人間がどれだけ移動しても同じ位置に見え、まるで後をついてくるように感じられる、これは現代人にも経験のある感覚であろう。見知らぬ山を越えて旅するのは心細い。「有明の月」とあることから、この旅人は一晩中、山の中を歩いていたと考えられる。空にある月が自分を送ってくれてい

＊歌で判を記して―判の歌は「いかばかり心の底にすみきけむ見れば跡ある堀川の水」。相手の藤原公継《きんつぐ》の歌は「嬉しくもその人数《ひとかず》の流れまで跡を尋ぬる堀川の水」というもの。

ると思うことで心細い気持ちをわずかに慰《なぐさ》めながら、山を越えて来たのである。もちろん、旅人がそう思っているだけなのだが、初句《しょく》から第三句までを読むと、月が、旅人をあわれに思って送ってやったと言っているように読める。第四句に至って、旅人が、そう言ってほしいと月に呼びかけていることがわかるが、このように表現することで、読者である我々は本当に月が旅人の道連れになっているような気持ちになる。さらに、月は日本のどの場所からも同じように見えることから、旅人は都でこの月を見ているかもしれない家族や友人に思いを馳《は》せる。月が送ってくれたおかげで、見知らぬ山も越えることができたと告《つ》げてほしい、自分が無事であることを伝えたい、という気持ちである。

　第四句「人にはつげよ」からは『百人一首』にも撰ばれた「*わたの原八十《やそ》島《しま》かけて漕ぎいでぬと人にはつげよあまのつり舟」が思い起こされる。この篁の歌は、流罪となって*隠岐《おき》に向かって漕《こ》ぎ出した時の作で、雅経の歌とは全く異なった状況を詠んだものであるが、どちらの歌も、旅人の心細い気持ちが根底にある。海と山という対照的な設定となっており、雅経は篁の歌を思い浮かべながらこの歌を詠んだのではないかと思われる。

*わたの原…―古今集・四〇七・小野篁《おののたかむら》。

*隠岐―現在の島根県の隠岐島。

20

深草《ふかくさ》や霧の籬《まがき》に誰《たれ》すみて荒れにし里に衣《ころも》打つらん

【出典】続千載和歌集・秋下・五四五

深草の霧に包まれた籬の家に一体誰が住んで、この荒れてしまった里で衣を打っているのであろうか。

元久二年（一二〇五）の『春日社百首《かすがしゃ》』の中の一首。『春日社百首』は、十二月三日から七日間、雅経が春日社に参籠《さんろう》していた間に詠まれた、私的な百首歌である。春日社は藤原氏の氏神を祀《まつ》っており、参籠およびこの百首歌詠作は、四位《しい》に叙せられることを願って行われたものであると推測できる。そしてその願いは、約一ヶ月後に叶《かな》えられた。

この歌は、『伊勢物語』百二十三段の「年を経て住みこし里をいでていな

【語釈】○深草―山城国の歌枕。現在の京都市伏見区。○籬―柴や竹などで粗く編んで作った垣根。

ばいとど深草野とやなりなむ」を本歌《ほんか》としている。深草に住む女に飽《あ》きてきた男の歌で、長年住んだこの里を私が出て行ったならば、深草の地は、その名の通りいっそう草深い野となることだろうの意。『伊勢物語』では、あなたのおっしゃる通りここが野となったなら、私は鶉《うずら》になって鳴いていましょう、そうすればあなたは、せめて狩にでも、仮にも来てくれないということはないでしょう、と*女が詠んだのに感心して男は出て行くのをやめたのだが、雅経の歌は、見捨てられた女を詠む。それでも、荒れてしまった深草の里で、女は衣を打ちながら男を待っている。事情を知らない人物が、その音を聞いて、このような荒れた里で衣を打っているのは誰なのだろうかといぶかっている歌である。

『伊勢物語』の*この贈答を本歌とした著名な歌に、藤原俊成《しゅんぜい》の「*夕されば野べの秋風身にしみて鶉鳴くなり深草の里」がある。夕方になると野原を吹きぬける秋風が身にしみて、ここ深草の里では鶉の鳴く声が聞こえる、という意で、一見叙景《じょけい》歌のようだがこれも結局男は出て行ってしまった歌で、女はかって自分が詠んだように鶉となって鳴いているのである。いずれの歌でも女の気持ちが純粋で美しく、読む者の心を打つ。

*女が詠んだ―女の歌は「野とならば鶉《うづら》となりて鳴きをらむかりにだにやは君は来ざらむ」。

*この贈答―若干語句は異なるが『古今集』にも見える。九七一・九七二、在原業平・よみ人しらず。

*夕されば……―千載集・二五九。

21

春日野《かすがの》の雪間《ゆきま》の草のすり衣《ごろも》霞の乱れ春風ぞ吹く

【出典】新千載和歌集・春上・九

春日野の雪間から顔を見せた草がまるで摺り衣の乱れ模様のように見え、そこに立つ霞が乱れて春風が吹いている。

『新千載集《しんせんざいしゅう》』の詞書《ことばがき》には建保三年（一二一五）内裏詩歌合《しいかあわせ》での作とするが、他の資料などから建保二年二月三日の内裏詩歌合の誤りではないかと考えられている。題は「野外霞」。この詩歌合は現在残っていない。

この歌は「春日野の若紫のすり衣しのぶの乱れ限り知られず」を本歌としている。本歌が、春日野の若い紫草のように美しいあなた方にお会いして、私の心はこの紫草で染めた信夫摺《しのぶずり》の模様のように乱れています、という恋の

【語釈】○春日野―大和国の歌枕。現在の奈良市春日野町。○すり衣―草木の汁で文様を摺りつけた衣。

＊詩歌合―漢詩と和歌とを対戦させて優劣を決める遊び。

＊春日野の……―伊勢物語・第

歌であるのを、自然詠に転じている。「春日野の」「すり衣」「乱れ」と、二句と一語を取って本歌と同じ位置に置いており、取りすぎているとも考えられるが、歌の内容が全く異なっているために、そのように感じさせない。

　春日野は、若菜や春の雪など、早春の景物とともに詠まれるのが一般的であった。雅経にもほかに「*春日野や咲き散る梅も白妙《しろたへ》の雪ふりやまず若菜つむ袖」などがある。春日野では、咲いたり散ったりしている梅も白い上に、白雪が降りやむことなく、若菜を摘《つ》む袖にかかっているとうたい、白梅と雪で白一色の、早春の春日野を描く。『古今集』には「*春日野の雪間を分けておひいでくる草のはつかに見えし君はも」という歌も見え、雅経の「春日野の」の歌はこれなども踏まえているのかもしれない。これも恋の歌で、春日野の雪間を分けて萌《も》え出《で》てくる草のように、わずかに見かけたあなたであるよという意で、「草の」までは「はつかに見えし」を導く序詞《じよことば》。

　雅経の歌は、雪の間から顔を覗《のぞ》かせている草を摺り衣の乱れ模様に見立《みた》て、そこに立ち込める霞もまた春風に吹かれて乱れている様《さま》を描いた絵画的な歌である。雪・草・霞・春風と、少々景物を盛り込みすぎているきらいもあるが、雪の白と草の浅緑の取り合わせが、新春らしくさわやかで美しい。

一段、新古今集・九九四・在原業平。

*信夫摺—織物に施す摺り模様の一種。

*春日野や……—明日香井集。

*春日野の……—古今集・四七八・壬生忠岑。

22

宇《う》陀《だ》野《の》のや宿かり衣《ごろも》雉子《きぎす》たつ音もさやかに霰《あられ》ふるなり

【出典】新拾遺和歌集・冬・六四六

宇陀野の野中に宿を借りると、雉《きじ》が飛び立つ音もはっきり聞こえ、霰が降る音も聞こえる。

建保五年（一二一七）十一月四日に順徳《じゅんとく》天皇の内裏《だいり》で行われた『冬題歌合』での作。題は「冬野霰《ふゆののあられ》」。この組はどちらの歌も評価されて持《じ》となった。『冬題歌合』は、その名の通り冬にちなむ題七つが出されたもの。＊衆議判《しゅぎはん》で、判詞《はんじ》は後日藤原定家《ていか》が記した。

「宿かり衣」という表現は、この歌以前には見られず、雅経が創《つく》りだしたのではないかと考えられる。「宿」を「借り」に、宇陀野が狩場《かりば》であったこ

【語釈】○宇陀野―大和国の歌枕。現在の奈良県宇陀市大宇陀区。狩場として有名であった。○かり衣―「かりぎぬ」に同じ。本来は狩装束であったが、貴族の平服となった。○雉子―「雉《きじ》」のこと。「きぎす」とも「きじ」とも呼ばれていた。和

とから「狩（衣）」を掛け、食用にもなったため狩りの対象であった「雉子」へと続けている。宇陀野は、この歌のように雉（雉子）とともに詠まれることが多いほか、*鷹狩《たかがり》に使われるはし鷹とともに詠まれることも多い。このように、掛詞や連想で詞を続けていることについて、判詞では、あまり連ねすぎているものも最近多いが、この「宿かり衣雉子たつ」という表現は聞き良いと述べられている。「音もさやかに」は、雉が飛び立つ羽音と、霰が降る音の両方について言ったもの。宿を借りると言っているところから、時刻は夕方と思われる。辺《あた》りは既に暗くなり始め、しんと静まり返った中、飛び立つ雉の羽音だけが聞こえてきた。再び静まり返る野。そこへ音を立てて冷たい霰が降ってくる。

雉は鳴き声が詠まれることが多いが、飛び立つ雉を詠んだ歌も多く、曾禰《その》好忠《よしただ》の「*春日野の若草山《わかくさやま》にたつ雉の今朝の羽音に目をさましつる」という歌もある。雅経の歌と同様、野宿をしていて雉の飛び立つ羽音を聞いたと詠むが、春の早朝を題材としている点は雅経の歌と正反対で、明るい印象の歌である。一方雅経の歌は、冬の夕暮れの野の変化する様子を聴覚によって描き出し、そこに野宿する旅人の孤独で侘《わび》しい心情を浮かび上がらせている。

歌では鳴き声が詠まれることが多い。

*衆議判―歌合で、参加者が互いに意見を戦わせて勝負を決めること。

*鷹狩―鷹に獲物を捕らえさせる狩猟。

*春日野の……―好忠集。

23

晴れやらぬ雲は雪気《ゆきげ》の春風に霞天霧《あまぎ》るみ吉野の山

【出典】新後拾遺和歌集・春上・七

すっかり晴れてはいない雲は雪模様の春風に吹かれていて、霞が一面に立ちこめている吉野の山である。

【語釈】○雪気―雪が降りそうな空模様。○天霧る―雪が降ったり、霞や雲がかかったりして、霧が立ち込めたような状態になる。

『千五百番歌合』での作で、左右同じ程度であるとして持《じ》とされた。

空にかかっていた雲がいくぶん晴れたもののまだ残っていて、雪が降り出しそうな気配である。従って、春風とはいいながらまだ冷たい風が、雲に吹くとともに霞にも吹いているために、辺《あた》り一面に霞が立ち込めている、冬と春とが交錯《こうさく》する初春の吉野山を描いている。雲が完全には晴れないうちに霞が立ち込める、幻想的な光景である。

「雪気」という語は、もとは同じ音の「雪消」のみが歌に詠まれたが、その後「雪気」も詠まれるようになり、新古今時代の歌人に特に好まれた。雅経自身、この歌以外に四首に詠んでいるほか、藤原良経・慈円・後鳥羽院らが多く詠んでいる。良経の「*空は猶霞みもやらず風さえて雪気にくもる春の夜の月」などは、空はすっかり霞んではおらず、風は冷たく、春の夜の月が雪模様に曇《くも》って見える景を詠んだもので、月以外は右の雅経の歌と同一の素材が詠まれている。また、「天霧る」という語は「*梅の花それとも見えず久方の天霧る雪のなべて降れれば」という『古今集』の歌に代表されるように、大半が雪に用いられており、この歌のように霞に用いられた例はほとんどない。雅経自身、「*久方《ひさかた》の天霧る雪のふりはへて霞みもあへず春は来にけり」と、雪に用いた歌も詠んでいる。空一面に立ち込めるように雪が降って、まだすっかり霞んでもいないのに、わざわざ春はやって来たという歌で、よりによってまだ冬景色の中に訪れた春をやや滑稽味を交《まじ》えて詠む。冬と春とが入りまじる様を描いている点では「晴れやらぬ」の歌と共通する。季節の移り変わりは必ずしも暦《こよみ》通りには行かず、二つの季節が混在しているような気候は、誰もがしばしば経験することであり、多くの和歌に詠まれている。

*空は猶…──新古今集・二三。

*梅の花…──古今集・三三四・よみ人しらず。

*久方の…──続拾遺集・五。「ふりはへて」は、雪が「降り」と、わざわざの意の「ふりはへて」を掛けている。

24

皆人《みなひと》の心ごころぞ知られける雪踏みわけて訪《と》ふも訪《と》はぬも

【出典】新続古今和歌集・釈教・八四一

どの人の心の程度もわかることである。雪を踏み分けて尋ねてくれる人も、尋ねてくれない人も。

正治二年（一二〇〇）に後鳥羽院が催した『正治後度《ごど》百首』での作。この年から雅経は院主催の和歌行事に参加するようになったが、これは雅経が参加した初めての大規模な行事であった。これで雅経は院に実力が認められて後鳥羽院歌壇に加えられたのであり、雅経が歌人としての第一歩を踏み出した行事であった。従って、雅経は意欲的に作歌に取り組んだと考えられる。そのことを示す一例が、この歌を含む*釈教《しゃっきょう》の歌五首である。雅経は、五つの超

*釈教の歌—仏教の教義内容をわかりやすく詠んだ歌。

人的な不思議な力を意味する五神通《ごじんずう》*を詠んでいるが、これが和歌に詠まれた例は少ない。歌壇に登場して間もないこの時期の雅経は、自分の和歌の世界を広げようとしていたと考えられ、また、独自性を示して院に認められたいという思いもあって、珍しい題材に挑戦したのであろう。五神通のうち、この歌は他心通《たしんつう》を詠む。他心通とは、他人の心を見通すことができる能力のことである。

この歌は「わが宿は雪ふりしきて道もなし踏みわけてとふ人しなければ」*という『古今集』の歌を踏まえていると思われる。「わが宿は」の歌が、雪を踏み分けて訪れる人がいないため、私の家はしきりに降る雪で道が埋もれてしまったと詠んでいるのに対し、右の雅経の歌は、雪深い地を訪れてくれる人もそうでない人もいるが、そのすべての人の心がわかると詠む。同じように訪れてくれる人の中でも自分を思ってくれる気持ちに違いがあるし、また、訪れてくれない人が、訪れてくれる人よりも必ずしも自分を思う気持ちで劣っているとは限らない、それらをすべて自分は見通しているということになろう。やや観念的な歌となってしまってはいるが、他心通という題材を何とか詠みこなし、わかりやすく説いている。

*五神通―天眼通・天耳通・他心通・宿命通・神足通の五つ。

*わが宿は…―古今集・三二二・よみ人しらず。

25

長き夜の佐夜《さよ》の中山明けやらで月に朝たつ秋の旅人

【出典】新続古今和歌集・羇旅・九五八

秋の夜長の佐夜の中山は夜が明けきらないで、月に照らされて朝早く旅立つ秋の旅人である。

前の歌と同じく『正治後度百首』での作。急ぐ旅であるのだろうか、夜が明けきらないうちに旅立って、佐夜の中山を越えて行く旅人を描いている。「月に朝たつ」は、月光に照らされて朝早く旅立つ意で、秋の早朝のまだ肌寒い中、宿を発《た》つ旅人の緊張感が感じ取られる表現である。この表現は、この雅経の歌の後に二首に用いられている以外は、用例がない。そのうちの一例は後鳥羽院の「夜をかさね月に朝たつ旅衣きつつつなれゆくさ牡鹿《をしか》の声」[*]で

【語釈】○佐夜の中山―さやのなかやまとも読む。遠《とお》江《とうみ》国の歌枕。現在の静岡県掛川市にある峠。

＊夜をかさね……―後鳥羽院御集。

ある。『正治後度百首』が行われた翌年詠まれており、雅経の歌からこの表現を学んだのではないかと思われる。ただし、院の歌は『古今集』*の歌を本《ほん》歌《か》としている上、「たつ」は「発つ」と「裁つ」の、「きつつ」は「着つつ」と「来つつ」の掛詞《かけことば》であり、技巧的な歌でやや観念的な印象を受ける。旅先で寝る夜を重ね、月が照らす中で朝早く旅立つが、旅衣を着てはるばるやって来て、牡鹿の声も聞きなれてきたという内容。

また、雅経の歌の結句《けっく》「秋の旅人」もこの歌以前には作例がなく、これ以後多く詠まれるようになる表現で、雅経が創りだしたものかと思われる。雅経自身に他に一例あるが、藤原定家にも「白露*も時雨も袖をまづそめて紅葉にやどる秋の旅人」という歌がある。白露も時雨《しぐれ》も、木々の葉より先に袖を赤く染めて、紅葉の下を宿とする秋の旅人であるという意。「秋の旅人」は、一見何ということもない表現であるが、秋の夜長《よなが》であるがゆえに夜が明けきらないうちに旅立つのであり、秋という季節の旅人であることは、一首の主題とも関わる重要な設定なのである。雅経の歌は、月光の下を歩く旅人の姿が思い浮かべられる絵画的な歌であるが、ひんやりとした空気や、他に物音一つしない中で落葉を踏んで歩く足音までが伝わってくるような作である。

*『古今集』の歌―「唐衣きつつなれにしつましあればはるばるきぬるたびをしぞ思ふ」（四一〇・在原業平）。

*白露も……―拾遺愚草員外《いんがい》。上句、和歌では時雨などは木々の葉を色づかせるものとされていた。それより先に袖を染めるとは、悲しみのあまり紅涙《こうるい》（血の涙）を流していることを意味する。

26

波の上も眺《なが》めは限りあるものを心の果てぞ行方《ゆくへ》しられぬ

【出典】新続古今和歌集・雑中・一八〇五

どんなに広い海の波の上といっても、眺めには限りがあるのに、私の物思いの行き着く果ては、その行方を知ることができない。

『老若《ろうにゃく》五十首歌合』で勝とされた作。たとえ大海原であっても、水平線という眺《ちょう》望《ぼう》の限度があるのに、自分の物思いはいつまで続き、どのような決着を見るのか自分自身にもわからない、という茫《ぼう》漠《ばく》とした不安を表出した歌。「ながめ」には眺望の意と物思いにふけることという意とがあるが、その両方を生かしている。大海の眺望はそれがどれほど広大であろうと無限に続くわけではないが、自分の物思いはどこまで続くのかわからないという。

この二つを対比させることで、物思いが自分にとっていかに大きいものであるかを印象的に表現している。ただし、この歌が詠まれた前年から、雅経は後鳥羽院に歌才を認められ主要歌人として活躍し始めており、実際に深刻な悩みを抱えていたとは考えにくい。むしろ、作歌の腕を磨《みが》こうと日々研鑽《けんさん》に励《はげ》んで、歌人としては充実した日々を送っていたのではないだろうか。

「心の果て」という表現は、平安時代末期の「*ながめやる心の果てぞなかりける*明石《あかし》の沖にすめる月影」の歌に見られるのが最初かと思われ、その後、藤原良経《よしつね》と慈円《じえん》が多く詠んでいる。「ながめやる」の歌は、物思いにふけりながら明石の沖に澄《す》んでいる月を見ていると、心の行き着く所はないことだという意。このように物思いをしていて、それが最終的にどうなるのかわからない苦悩を詠む歌は多い。しかし、「心の果て」は必ずしも物思いの行き着く果てとして詠まれるわけではなく、美しいものに執着する心の行き着く先を詠んだ歌も少なくない。また、雅経には「*思ひやる心の果てもなほすぎて道ある御代の千代のゆくすゑ」という作もある。思いをはせる私の心の行き着く先も通り越して、正しい道のある御代の行く末は千年も続くという賀《が》の歌であるが、このような詠み方は珍しい。

*ながめやる……―千載集・二九一・俊恵。

*明石―播磨《はりま》国の歌枕。現在の兵庫県明石市。

*思ひやる……―千五百番歌合・賀。

27

年のうちに春の日影《ひかげ》やさしつらん三笠《みかさ》の山の恵みをぞみる

【出典】明日香井和歌集・雑

旧年中に春の日の光が射したのでしょうか、三笠山に降り注ぐ雨の恵みを今日目の当たりにしました。

雅経の長男、教雅《のりまさ》*が少将に任じられた時に藤原定家から贈られた祝いの歌「三笠山若葉の松にいかばかり天《あめ》の恵みの深さをか見る」への返歌《へんか》である。教雅がいつ少将になったのかは不明で、従ってこの二首がいつ詠まれたのかもわからない。定家の歌の「若葉の松」は教雅を指し、三笠山の若葉の松にどれほどの雨の恵みが深く注がれているか、ご覧になっていることでしょうの意。「天の恵み」の「天」に「雨」を掛け、松に雨が降り注ぐことと、教

【語釈】○三笠の山―大和国の歌枕。現在の奈良市にあり、麓に春日大社がある。天皇を警護する「近衛府」の異名。

＊教雅―正四位下左少将に至る。母は大江広元《おおえのひろもと》女（?―一二三〇）。

雅に帝の恩恵が注がれることとを言う。

雅経の歌の上句《かみのく》は、少将に任《にん》じられたのが年の暮れであったことを示すのであろう。まるで旧年中に春が訪れたかのようだという表現からは、息子の昇進を喜ぶ弾《はず》むような気持ちが読み取れる。ちなみに定家とはもう一組、教雅の歩き初め*の際に贈答歌《ぞうとうか》を詠み交わしている。

雅経の子女には、ほかに次男教定《のりさだ》*・三男教経《のりつね》*と女子一人がいたようである。教定は『明日香井集』を編《あ》んだ雅有の父である。子供に関わる雅経の歌にはほかに「繁りゆく*わが木《こ》(子)の本を思ふにもあはれ柞《ははそ》(母そ)の森の下草」、「今はわが*心の闇も春にあひぬ子を思ふかたの道はまどはじ」などがある。前者は、繁栄していく我が子のことを思うにつけても、その母がすばらしく思われるという歌で、子供たちを産んでくれた妻、おそらく大江広元女への感謝の気持ちを歌ったもの。後者は、今は子を思う私の心の闇も晴れて春にあった、もう子を思う点で道に迷うまいの意。春にあうという表現から、子息の任官《にんかん》ないしは昇進の喜びを歌ったかと推測されるが、それが何であるか、誰のことなのかなどは不明である。また、十三歳で病死した女子の病と死に関わる歌が『明日香井集』に収められているので、次に見てみたい。

*歩き初め—誕生後、初めて外出する祝いの儀式。教雅は定家の所へ行った。
*教定—正三位左兵衛督に至る。母は大江広元女(一二一〇—一二六六)。
*教経—詳細不明。
*繁りゆく…—明日香井集。建保二年(一二一四)に詠まれた私的な百首歌中の一首。
*今はわが…—明日香井集。『建保四年院百首』での作。

28

むばたまのこの黒髪をかきなでて思ひし末よかかるべしやは

【出典】明日香井和歌集・雑

この子が幼かった頃、この黒髪をかき撫《な》でて幸あれと思った行く末よ、このようなことがあっていいものか。

詞書《ことばがき》によると、承久元年（一二一九）六月頃から、雅経の十三歳の娘が患《わずら》うようになり、七月九日に亡くなったという。その病と死に関わる歌が、彼女の夫忠嗣《ただつぐ》の雅経への贈歌二首も含め、『明日香井集《あすかいしゅう》』に二十八首まとめて収《おさ》められている。この歌は、彼女が没した頃に多数詠んだ中の歌とされている二十首中の一首である。前述のように雅経の子は五人で、当時としてはあまり多くはなかった。三男教経も詳細がわからず、あるいは早世《そうせい》したのかもし

【語釈】○むばたまの―「黒」や「髪」などにかかる枕詞。

＊忠嗣―詳細不明。

れない。この娘は、十三歳という年齢を考えると結婚してまだ何年もたっていなかったのではないだろうか。あまりにも早い他界《たかい》に、晩年の雅経がどれほど心を痛めたかは想像にかたくない。

幼いわが子の髪を撫《な》でるしぐさは愛情に満ちたものである。その時に思ったという内容は、彼女の長寿であり、幸せな生涯であろう。それなのに、このようなことになるとは、という悲痛な叫びである。今、亡骸《なきがら》となった娘の髪を再び撫でながら慟哭《どうこく》する、雅経の姿が目に浮かぶような歌である。

この時の歌をほかにもあげてみよう。「五十路《いそぢ》まで多くの年はへぬれどもこの秋ばかり悲しきはなし」。五十路とある通り、この年雅経は五十歳で、承久三年三月には彼も没する。この秋ほど悲しいことはない、と詠んでいることから考えると、子に先立たれたのはこの時が最初だったのであろうか、あるいはこの娘を特にかわいがっていたのか。思ったことをそのまま述べた散文のような作で、打ちのめされた思いでいることが感じ取られる。

また、「夢うつつ思ひもあへぬ迷ひにもわが先立たぬ道ぞ悲しき」。夢か現《うつつ》か判断もできない心の迷いのさなかにあっても、自分が先立たなかったことが悲しいという。子に先立たれた悲しみを、率直に吐露《とろ》している。

藤原秀能

01

夕月夜《ゆふづくよ》潮満ちくらし難波江《なにはえ》の蘆《あし》の若葉にこゆる白波

【出典】新古今和歌集・春上・二六

空に夕月がかかり、潮が満ちて来ているらしい。今、難波江の蘆の若葉を白波が越えていく。

元久《げんきゆう》二年（一二〇五）六月十五日に後鳥羽院が催した『元久詩歌合』での作で、題は「水郷《すいきよう》春望《のしゆんぼう》」。秀能二十二歳の時の作である。この歌は、勝負の記述が脱落していて勝敗不明。『元久詩歌合』は『新古今集』の切継《きりつぎ》時代に行われ、八首が『新古今集』に切り入れられているが、そのうちの一首。同じ題で『新古今集』に入集《につしゆう》した中には後鳥羽院の代表作のうちの一首、「見*わたせば山もと霞む水無瀬川夕べは秋と何思ひけむ」という歌もある。

【語釈】○夕月夜―夕方空にかかっている月のことで、陰暦上旬の上弦の月。○難波江―摂津国の歌枕で、現在の大阪湾の一部。蘆の名所だった。

＊見わたせば…―新古今集・三六。

この歌は「花ならで折らまほしきは難波江の蘆の若葉にふれる白雪」*を本《ほん》歌《か》として詠まれている。難波江の蘆の若葉を詠《よ》む点は同じであるが、本歌では蘆の若葉に降り積もった白雪がまるで花のようで、花ではないのに折りたいと思うと言う。一方右の秀能の歌は、夕月のほの明るい光の中で、まだ丈《たけ》の短い蘆の若葉を、ひたひたと寄せてくる満潮の白波が越えていく様《さま》を描いており、詠まれている景は全く異なる。蘆は成長すると二メートルにもなるが、この歌に描かれているのは、ようやく水面に顔を出して並んでいる初々《ういうい》しい若葉の姿である。上句《かみのく》の空にかかる夕月と難波江という遠景から、下句《しものく》では蘆の若葉とそれを越える白波という近景へと視点が転換されている。夕月の淡《あわ》い光に照らし出された、蘆の若葉の浅緑と、波の白という色調が繊細である。早春の海辺の、変化する景の一瞬をとらえた印象鮮明な歌である。

「夕月夜」という語は、『万葉集』に八例見られるが、平安時代の用例は多くはない。しかし、新古今時代の歌人には好まれ、慈円・藤原定家・源実朝らが多数詠んでいる。その多くは秋の歌で、冬や夏の歌も見られるが、この歌のような春の歌は少ない。

*花ならで…——後拾遺集・四九・藤原範永。

02

吹く風の色こそ見えね高砂《たかさご》の尾上《をのへ》の松に秋は来にけり

【出典】新古今和歌集・秋上・二九〇

吹く風の色は見えないけれども、高砂の峰の松に秋はやって来たのだなあ。

承元《じようげん》元年（一二〇七）成立の『最勝四天王院障子和歌《さいしようしてんのういんしようじわか》』の「高砂」の歌。秋が来たからといって、風は紅葉のように色が変わるわけではない。松もまた常緑であるので秋になっても色が変わることがないが、松に吹く風の音に秋の気配《けはい》が感じられるというのである。風の音によって秋が来たことを知るという発想は、『古今集』に載る「秋きぬと目にはさやかに見えねども風の音にぞ驚かれぬる」などに見られるが、この歌ではそれに常緑の松を取り合わ

【語釈】○色こそ見えね―逆接で下に続く言い方。色は見えないが…。○高砂―播磨国の歌枕。現在の兵庫県高砂市。高砂の松は古来有名であった。

＊秋きぬと…―古今集・一六九・藤原敏行。

せて秋の訪《おとず》れを知ると詠んだ点に面白さがある。

『最勝四天王院障子和歌』とは、後鳥羽院《ごとばいん》が現在の京都市東山区に建立《こんりゅう》した、最勝四天王院という寺院の障子に描かれた全国の名所、四十六ヶ所の絵に添《そ》えるために詠まれた歌。十名の歌人が四十六首ずつ詠作《えいさく》し、名所一ヶ所につき一首が撰ばれた。秀能の歌は、この歌と*鳴海浦《なるみのうら》を詠んだ歌とが撰入された。雅経も参加しており、*大井川・二見浦《ふたみのうら》・宇津山《うつのやま》・安積沼《あさかのぬま》を詠んだ四首が撰ばれている。名所には季節が設定されており、高砂は秋。秀能以外の歌人九名は、鹿を詠みこんでいる。鹿は高砂とともに詠まれることが多い上、和歌では秋の景物とされているためであろう。障子絵であるのに、視覚でとらえることができない風を詠んでいる点にこの歌の個性が見られ、そのことが評価されて撰ばれたのであろう。

なお、最勝四天王院については、鎌倉幕府の将軍源実朝の*調伏《ちょうぶく》のために建てられたという伝承がある。承久三年（一二二一）一月二十七日に実朝が暗殺されると間もなく取り壊されてしまったことは、この伝承を裏付けるようにも思われるが、否定的な見解も多い。名所の撰定などからは、後鳥羽院の、自分が日本を支配していることを示すという意図《いと》を読みとることができる。

*鳴海浦―尾張国の歌枕。現在の愛知県名古屋市。
*大井川―山城国の歌枕。以下、伊勢・駿河・陸奥の各歌枕。
*調伏―まじないによって呪い殺すこと。

03

あしひきの山路《やまぢ》の苔《こけ》の露のうへにねざめ夜ぶかき月を見るかな

【出典】新古今和歌集・秋上・三九八

山の中の道の苔に置いた露の上で旅寝をして目を覚ますと、夜更けの清らかな月を見ることである。

【語釈】○あしひきの―山にかかる枕詞。

秀能の家集『如願《によがん》法師集』によって、秋の歌を召《め》された時に詠んだ「山《さん》月《げつ》」という題の歌であることが知られる。召したのはおそらく後鳥羽院であろうが、いつのことかなどは未詳。山の中で苔の上に野宿をし、夜更けに目をさますと、苔の上にはしとどに露が置いていて、その露に月の光が宿《やど》り、見上げると空には澄《す》んだ秋の月がかかっているという光景を歌う。

「山路の苔」「ねざめ夜ぶかき」という表現は、いずれも新古今時代から使われるようになったもの。「ねざめ夜ぶかき」は、一度眠って目を覚ましてもまだ夜更けであることを言い、秋の夜長《よなが》であることを示す。「山路の苔」を詠んだ歌に、同じ『新古今集』の「*かくしても明かせば幾夜過ぎぬらん山路の苔の露のむしろに」がある。山路の露が置いた苔のむしろの上でも、明かせば夜は明けるもので、もう幾夜《いくよ》過ぎたのだろうかと、幾晩も山中の苔の上で夜を明かしながら続けてきたつらい旅を詠む。秀能の歌も侘《わび》しい旅寝を詠んではいるが、右の歌とほぼ同内容を上句にまとめ、そのような状況の中で発見した美への感動を歌う点に中心がある。「かくしても」の歌の方が先に詠まれたと思われ、秀能はこの歌を念頭に詠んでいるのかもしれない。

　この月については、空の月、露に映《うつ》っている月、その両方、という三つの解釈があるが、歌の中の旅人が見ているのは、主として露に映っている月なのではないだろうか。ふと目を覚《さ》ますと目の前の露に清らかな月が宿っている。旅寝をしていなければ見ることのできない月であり、困難な状況の中で出会ったからなおさら、その繊細な美しさが旅人の心を打つのである。

*かくしても……——九四九・俊成卿女。『千五百番歌合』の歌。

04

風吹けばよそに鳴海《なるみ》の片思ひ思はぬ浪に鳴く千鳥《ちどり》かな

【出典】新古今和歌集・冬・六四九

風が吹いたため、遠くまで流されてしまって、鳴海潟を恋しく思う千鳥が、思いもかけなかった波の上で鳴いているよ。

02「吹く風の」の歌と同じく、『最勝四天王院障子和歌』の歌で、「鳴海浦」を詠んだ。この歌が障子歌に選ばれた。季節は冬に設定されている。詞の続け方が巧みな歌である。「なるみ」は「成る身」と「鳴海」を掛け、「かた」は「潟」と「片思ひ」の「片」を掛け、言葉を緊密に連携させている。また、「(片)思ひ思はぬ」と続け、リズム感を生み出している。片思いは、番《つが》いの千鳥が流されて離れ離れになってしまい、互いに相手を恋しく思

【語釈】○千鳥―チドリ科の鳥の総称。水辺に群れをなして住む。

っていると解する説などもあるが、千鳥が鳴海潟を恋しく思っていることを恋歌的に表現したと解した。風が吹いて波が立ち、思いもよらない所へ流されてしまって波間《なみま》を漂《ただよ》う小さな一羽の千鳥が、住みなれた鳴海潟を恋しく思って心細げに鳴く様《さま》があわれである。千鳥は和歌に非常に多く詠まれるが、多くが鳴く千鳥を詠んだものである。『如願法師集』には、この歌のほかに千鳥を詠んだ歌が七首見えるが、そのすべてが鳴く千鳥である。

　鳴海は、この歌のように「成る」を掛けて詠まれることが多く、『最勝四天王院障子和歌』でも多くの歌人がそうした詠み方をしていて、鳴海を掛《かけ》詞《ことば》にしていないのは藤原定家だけである。また、秀能のほかにも四人が千鳥を詠みこんでいる。

　『如願法師集』*の詞書によれば、障子絵には千鳥が鳴くのを聞く人がいる所を描いてあったようである。鳴海浦の歌でありながら、この歌は千鳥のいる場を鳴海から離れた思いもよらぬ波の上としている。それによって、視界の外から聞こえる声を取り込み、同時に、障子絵の画面には見えない外海の景を印象付けており、それが画面に奥行きを与える効果を持つ点が後鳥羽院に評価されたのではないかとされている。

＊『如願法師集』の詞書―最勝四天王院御障子絵に、千鳥なくをきく人あるところを。

05

露をだに今は形見《かたみ》の藤衣《ふぢごろも》あだにも袖を吹く嵐かな

【出典】新古今和歌集・哀傷・七八九

せめて涙の露だけでも、今となっては亡き父の形見として喪服《もふく》に残しておきたいのに、無情にも袖に吹いてその露を散らしてしまう嵐であるよ。

【語釈】○藤衣―麻布で作った喪服。

詞書によると、父藤原秀宗《ひでむね》が亡くなった年の秋に「寄風懐旧《かぜによするかいきゆう》」という題で、つまり昔を思い出す心を風に関わらせて詠まれた歌。秀宗がいつ亡くなったのかは未詳であるが、歌題により建永元年（一二〇六）七月二十八日に和《わ》歌所《かどころ》で行われた『院当座歌合』での作と見られる。この年秀能は二十三歳。

「露」は、和歌では消えやすいはかないものとされ、この歌のように涙を暗示することも多い。袖に置いた涙の露は、普段はいやだと思うものであるが、いまは父の形見としてとどめておきたいのに、それさえさせてくれない袖に吹く嵐を恨《うら》んでいる。親しい人を失った時に、その人と関わる些細《ささい》なものでもとどめておきたいという心情は、誰にでも理解できるものなのではないだろうか。歌合《うたあわせ》における作で題詠《だいえい》ではあるが、父を亡くした悲しみがよく伝わってくる歌である。

しかし、和歌所という公的な場で行われた和歌行事で、このような個人的な感懐《かんがい》を詠むのは珍しい。しかも、形見・藤衣の語により、人の死を詠んだ歌であることが明らかである。後に秀能は、母を亡くした年に同じく後鳥羽院主催の歌合に出詠《しゅつえい》しているが、その時の歌（後述）と比較しても、この歌の表現が非常に率直であることに驚かされる。ところがこの歌合は、藤原定家《ていか》・藤原家隆《いえたか》は三月に逝去した藤原良経《よしつね》の死を、後鳥羽院は寵愛《ちょうあい》していた女性の死を悼《いた》む歌を詠んだという特異なものであったことが指摘されている。

ところで、先に見たように雅経は我が子に関わる歌を多数残している。しかし彼には両親のことを詠んだと思われる歌はなく、反対に、秀能には男子六人・女子五人という多くの子女がいたが、子供に関する歌は見られない。

06

袖の上に誰《たれ》ゆゑ月は宿るぞとよそになしても人の問《と》へかし

【出典】新古今和歌集・恋二・一一三九

あなたの袖の上には、誰のせいで流す涙の露に月が宿っているのですかと、他人事としてでもあの人が尋ねてほしい。

元久元年（一二〇四）七月十六日、後鳥羽院の宇治《*う じ》御幸《*ご こう》の際の歌会《か かい》での作で、題は「夜恋《よるのこい》」。女性の立場で詠まれた歌。袖の上に月が宿るとは、袖にこぼれた涙の露に月が映《うつ》ること。「人」は恋しく思っている人。その人を思うがゆえにこぼした涙の露に月が映っているのであるが、それは誰のせいなのかと、自分とは関わりのないこととしてでも良いから、尋ねてほしいという歌である。実際には恋人はそれすらしてくれないことを意味している。「よそ

【語釈】○よそ―自分とは無関係の他人事。
＊宇治―山城国の歌枕。現在の京都府宇治市を中心とする一帯。
＊御幸―上皇《じようこう》・法皇《ほうおう》・女院《によういん》の外出。

になしても」は、自分のせいだと知っているのにとぼけるとも、そうとは知らずにいるとも解釈することができる。いずれであっても、恋人の態度は冷淡なものであるが、それでも良いからせめて自分の悲しみにだけは気づいてほしいという切実な思いである。

この歌を念頭に置いて詠んでいるかもしれない後世の歌に『とはずがたり』の作者の歌「物思ふ袖の涙を幾入《いくしほ》とせめてはよそに人の問へかし」がある。『とはずがたり』は、鎌倉時代末期に*後深草院二条《ごふかくさいんにじよう》という女性が書いた日記文学である。この「物思ふ」の歌は作品の末尾巻五にあり、波乱《はらん》に満ちた生涯を送り、父母や主君の後深草院と死別した作者の感慨を詠んだものである。物思いをして流した血の涙によって染まった袖を、幾度《いくど》染めたからそのように色が濃いのかと、せめてよそごととしてでも誰か尋ねてほしいという内容で、「人」は不特定の人物である。彼女には、自分の悲しみに気づいてくれる人は既にこの世に存在しないのである。それに対して、右の秀能の歌では、尋ねてほしい相手は存在している。しかし、恐らくそうしてはくれないことに、この歌の女性は気づいているであろう。彼女と『とはずがたり』の作者、どちらがより孤独なのであろうか。

*後深草院二条―久我《こが》雅忠《まさただ》の女《むすめ》。後深草院に仕えた（一二五八―一三〇六以後）。

07

今来《こ》むと頼《たの》めしことを忘れずはこの夕暮れの月や待つらん

【出典】新古今和歌集・恋三・一二〇三

すぐに行こうと私があてにさせたことを忘れていなかったら、今頃あなたは、この夕暮れの月の出を待っていることであろう。

【語釈】○来む―相手の側に立った言い方で、「行こう」の意。○頼めし―相手に期待させた。○この夕暮れ―今日の夕暮れ。

*今来むと…―古今集・六九一・素性法師。

『如願《にょがん》法師集』によると、歌を召された時に「夕恋《ゆうべのこい》」という題で詠まれた歌であるが、この題の歌は非常に多く、いつのものかは不明。召したのは後鳥羽院か。

この歌は、『百人一首』にも撰ばれている「今来むといひしばかりに長月の有明の月を待ちいでつるかな」*を本歌《ほんか》としている。恋の歌である点は変わらないが、設定を、女の立場から男の立場へ、時刻も明け方から夕暮れへと、そして何より恋の状況を大きく変えている。本歌は、あの人がすぐに行こうと言ったばかりに、その訪れを待って、とうとう九月の夜長《よなが》を明かして有明の月が昇ってしまったという内容である。あてにさせておいて来なかった恋人への恨みの歌である。それに対してこの歌は、自分が約束したことを彼女が忘れていなかったら、待ってくれていることであろうと、恋人を思いやったものである。

夕べの恋の歌は、恋人の訪れを待って物思いをする女を詠むのが一般的であるが、この歌はそれとは全く異なる。夕暮れは、男が女のもとを訪れる時刻である。従って、月を待っているだろうと表現してはいるが、実際には、月の出る時刻になること、つまりは自分の訪れを待っているだろうということを意味する。歌の中に表現はされていないが、その気持ちは男にも共通するものであろう。恋人のもとへ行く夕方の訪れを、男もまた浮き立つ思いで待っているのである。そのような二人の心を考えれば女が約束を忘れるなどということは考えられないが、恋ははかないものだから、一抹《いちまつ》の不安がよぎる気持ちもまた理解できよう。恋の喜びを歌った和歌は非常に少ないが、この歌は、恋の喜びを間接的に表現した余情*ある作である。

＊余情—言外に漂う情趣や気分。

08

人ぞ憂《う》き頼めぬ月はめぐりきて昔忘れぬ蓬生《よもぎふ》の宿

【出典】新古今和歌集・恋四・一二八一

今ではあの人のことがつらく思われる。一方、あてにさせたわけでもない月はまためぐって来て、あの人が訪れていた昔を忘れられずにいる私の、蓬の生い茂った家を照らしている。

【語釈】○蓬生―蓬などの雑草の生い茂った場所。人が訪れず、荒れていることを意味する。また、『源氏物語』の巻名にもなっている。

『如願法師集』の詞書によると、二条前宰相《さいしょう》*が少将であった時に恋の心を詠んだ歌であるが、この二条前宰相とは雅経を指す。同じ時に詠まれたのではないかと思われる歌を『如願法師集』から他に十一首集めることができ、その詞書により、建仁元年（一二〇一）春頃に雅経と一緒に詠《よ》んだ百首歌中の一首と推定される。後鳥羽院に認められて和歌活動を始めて間もない二人が、おそらく練習のために百首歌を詠んだものと思われる貴重な資料であるが、

*宰相―参議《さんぎ》を中国風に呼んだもの。

残念ながら雅経の作品は見いだせない。

　この歌は、恋人に忘れられた女の歌である。かつて自分をあてにさせた恋人はすっかり訪れなくなったのに、また来ると約束したわけではない月は昔を忘れることなくめぐって来て、昔を忘れられずにいる自分の家を照らしているという内容で、恋人と月とを対比させて詠んでいる。変わってしまう人間と、変わらない自然とを対照的に詠む歌は、たとえば『百人一首』にも撰《えら》ばれている「人はいさ心もしらずふるさとは花ぞ昔の香ににほひける」*など多い。「人ぞうき」と初句切《しょくぎ》れにしたところに、自分を裏切った恋人への恨《うら》みが込められている。また、「たのめぬ月は」という表現は、人の方はかつて頼みにさせたことを暗示している。

　蓬生という語で思い出されるのは『源氏物語』の蓬生巻である。光源氏が都を離れてしまい、彼を頼って生活していた末摘花《すえつむはな》は困窮してしまう。ようやく光源氏は帰京したが、彼女のことは忘れていて訪れはない。それでも光源氏を信じて待っていた末摘花がついに彼と再会を果たすという内容の巻である。恋人に忘れられて再会は望めそうになく、相手を恨むこの歌の女とは正反対の立場といえよう。

＊人はいさ……――古今集・四二・紀貫之。

09

月澄めば四方《よも》の浮雲空に消えて深山《みやま》がくれに行く嵐かな

【出典】新古今和歌集・雑上・一五二五

月が澄《す》むと空一面に漂《ただよ》っていた雲が空の彼方《かなた》に消えて、今、深山の陰を吹いて去っていく嵐であるよ。

『新古今集』および『如願法師集』の詞書によると、＊熊野御幸《くまのごこう》の際の作と考えられる。後鳥羽院は、建久九年（一一九八）八月から承久三年（一二二一）二月までの二十四年間に三十回以上、熊野に詣《もう》でたという。多くの貴族も＊扈従《こしょう》し、道中で歌会を催したことが知られる。そのうち、正治二年（一二〇〇）十二月と建仁元年（一二〇一）十月の熊野御幸の際の歌会で各歌人が和歌を書いた「熊野懐紙《かいし》」と呼ばれる懐紙が三十枚以上現存している。残念ながら秀能は

【語釈】○浮雲―空に浮かんで漂っている雲。

＊熊野―紀伊国の歌枕。現在の和歌山県。院政期以降、熊野三社に詣でる熊野詣でが大流行した。熊野三社とは、熊野本宮（田辺市）・熊野新宮（新宮市）・熊野

この二度には扈従しておらず彼の懐紙はないが、後鳥羽院や雅経らのものが残っている。『如願法師集』には、「月澄めば」の歌とともに四首が収められているが、この五首がいつの御幸の歌かは未詳である。

　この歌は、さきほどまで激しく吹いていた嵐が収まりつつあり、山陰にだけその音を残している様子を描いている。上句は、実際には嵐で浮雲が吹き消されたことによって月が澄んだのであるが、月が澄んできたので浮雲が遠慮して消えたかのように言っている点に面白さがある。おそらく夜もかなり更《ふ》けた頃、空一面に漂っていた雲が消えて澄んだ月があたりを照らし始めるという、自然の変化を巧《たく》みにとらえている。旅の途次《とじ》での作であることを考えると、実際に目にした光景をもとに詠んでいるのかも知れない。

　「空に消えて」は、一見何ということもない表現であるが、用例は少なく、この歌以前に詠まれているのは、西行《さいぎょう》の代表作のうちの一首*「風になびく富士の煙の空に消えて行方《ゆくへ》も知らぬ我が思ひかな」のみである。風になびく富士山の噴煙が空に消えてどこへ行くとも知れないように、どこへ行くのかわからない自分の物思いであると詠む西行の歌と、内容は大きく異なっているが、秀能が西行の歌から学んだ可能性も考えられる。

那智《なち》大社（東牟婁《むろ》郡）。
*扈従―おとも。

*風になびく……―新古今集・一六一五。

10

さ牡鹿《をしか》の鳴く音《ね》もいたくふけにけり嵐の後《あと》の山の端《は》の月

【出典】新勅撰和歌集・秋下・三一〇

牡鹿の鳴く声も、すっかり夜更《よふ》けた感じになった。嵐が吹いた後の山の端に澄んだ月がかかっている。

寛喜《かんぎ》元年（一二二九）に藤原為家《ためいえ》*が主催した『為家卿家百首』中の一首。嵐が静まった後の夜更けの様子を、牡鹿の声と山の端にかかる月という、聴覚と視覚で描き出した歌。牡鹿の鳴く声が更けたという表現は、雅経の01「み吉野の」の歌の「山の秋風さよふけて」に似るが、この歌の場合、夜が更けて鹿の声が一層澄んではっきりと聞こえるようになったことを意味するか。また、秋が更けたことも暗示しているかと思われる。「嵐の後」という表現が

*藤原為家—藤原定家の嫡男（一一九八—一二七五）。

用いられた歌は、正治《しょうじ》二年（一二〇〇）の『正治初度百首』の「吹き払ふ嵐の後の高嶺《たかね》より木の葉くもらで月や出づらむ」という歌が最初ではないかと思われる。木の葉を吹き払う嵐が過ぎた後の高嶺から、散る木の葉に遮《さえぎ》られることなく出て来る月を詠んだ歌。先ほどまで吹いていた嵐のために澄みわたった空気の中、月が昇ってくるという発想を、秀能はもしかすると、この「吹き払ふ」の歌から得たのかもしれない。その内容を秀能は、名詞を助詞「の」で結ぶ方法で下句に簡潔にまとめ、上句に鹿の声という要素を加えた。秋の夜更けの冷え冷えとした寂《さび》しい様であるが、下句の口調の良さのために重くなりすぎることなく一首がまとめられている。

牡鹿と嵐を組み合わせて詠んだ歌は、平安時代末期から見られるようになり、秀能にもこの歌のほかに二首作例がある。『新古今集』には藤原良経の「たぐへくる松の嵐やたゆむらん尾上にかへるさをしかの声」などが載る。牡鹿の声を伴って来る松を吹く嵐が弱まったのであろうか、峰に帰っていくように遠ざかって聞こえる牡鹿の声よの意。吹く嵐の強弱によって、運ばれてくる鹿の声の大きさも変化することを、峰に帰っていくと表現したもので、こうした発想の歌はほかにも見られる。

*吹き払ふ…――新古今集・五九二にも載る。作者は宜秋門院丹後。

*たぐへくる…――新古今集・四四四・藤原良経。

11

飛鳥川《あすかがは》かはる淵瀬《ふちせ》もあるものをせく方《かた》知らぬ年の暮れかな

【出典】新勅撰和歌集・冬・四四〇

飛鳥川の流れは、淵となったり瀬となったりして変わることもあるのに、堰《せ》き止める方法がわからない年の暮れであるよ。

雅経の12「たちかへり」の歌と同じく『道助法親王家五十首《どうじょほっしんのう》』中の一首。また、雅経の18「淵は瀬に」の歌と同じく『古今集』の「世の中はなにか常なる飛鳥川昨日の淵ぞ今日は瀬になる」を本歌《ほんか》とする。世の無常を詠む本歌に対して、秀能のこの歌は、「惜歳暮《せいぼをおしむ》」という題で、飛鳥川の流れの遅速《ちそく》に着目して、川の流れは滞《とどこお》ることもあるのに時の流れはとどめるすべがないと、年が暮れるのを惜《お》しんだものである。雅経の歌と同じ歌を本歌としてい

【語釈】○飛鳥川―雅経の18の歌を参照。○淵瀬―「淵」は川の水の流れが遅く、深くなっている所。「瀬」は浅瀬。

て、同じ冬の歌であるが、全く違った取り方をしている。この、たった二例を見るだけでも、本歌取《ほんかどり》がいかに多彩な詠み方が可能な詠歌方法であったかが理解できるだろう。当時の歌人が本歌取という方法を多用したのも当然のことであろうと思われる。

歳暮の歌は『古今集』に既に見え、以後も四季の部を締めくくる題材として、数多く詠まれてきた。そのほとんどが、この歌と同じく年の暮れるのを惜しむ内容であり、一年が過ぎることと自分自身の老いを重ね合わせて嘆く歌も多い。『如願法師集』にはこの歌以外には一首収めるのみであるが、『明《あ》日《す》香《か》井集《いしゅう》』には十四首も見える。右の秀能の歌と同じ『道助法親王家五十首』で詠まれた雅経の詠に「年きはる身の行方《ゆくへ》こそ悲しけれあらばあふよの春をやはまつ」がある。年が積もって命が尽きようとしているこの身の行方が悲しく思われる、この世にいるならば会うはずの春を待つことがあろうかの意。この五十首歌は、建保《けんぽう》六年（一二一八）頃から承久二年（一二二〇）までに詠進《えいしん》されたと考えられており、雅経にとって最後の*定数歌《ていすうか》であった。承久二年には雅経は五十一歳、翌承久三年三月に没している。自分の残された命があまり長くないというこの歌は、率直な気持ちを表出したものであろう。

＊定数歌―一定数の和歌を詠むこと、またその作品。百首が多いが、五十首・千首などもある。

12

心こそ行方《ゆくへ》も知らね秋風に誘はれいづる月をながめて

【出典】続後撰和歌集・秋中・三二二

私の心の行方はわからない。秋風に誘われて出る月を眺めていると、心も同じように誘われてさまよい出てしまって。

10「さ牡鹿の」の歌と同じく『為家卿家百首』中の一首。「誘はれいづる」は月のことを言っているのであるが、行方もわからないと歌われている心もまた、何かに誘われてさまよい出ているのである。実際には月は風に誘われて昇る訳ではないので、自分の心が誘われてさまよい出ているために月も同じように見えるのであろう。「誘はれいづ」という語が和歌で用いられた例はあまり多くない。秀能自身には、同じ『為家卿家百首』にもう一首「山風にさそはれいづる白雲のそこはかとなく思ひ消ゆらん」という歌が見える。山風に誘われて出る白雲が、どこということもなく消えて行くように、私の思いも何となく消えるのかという内容で、空の景物が風に誘われて出ると歌う点、心という語はないが「思ひ消ゆらん」とやはり自然と自分の物思いとを重ね合わせている点、右の「心こそ」の歌と共通する。

この歌が詠まれた八年前の承久三年（一二二一）に*承久《じょうきゅう》の乱が起き、鎌倉幕府の打倒に失敗した後鳥羽院は隠岐《おき》に流された。その後鳥羽院に、秀能は和歌の才能を認められ、活躍の場を与えられた。秀能が承久の乱に大将軍として参戦したという記録もあるが、乱後に厳罰に処されていないことなどからこれを疑う説もあり、秀能自身が乱にどのように関わったのかは明らかではない。しかし、彼の兄弟や子息が乱で命を落とし、乱後に秀能は出家《しゅつけ》している。自分の物思いの行方がわからないという歌は、雅経の26「波の上も」の歌や、西行の「風*になびく富士の煙の空に消えて行方も知らぬ我が思ひかな」のように他の歌人も詠んでいる。この「心こそ」の歌が直接承久の乱と関わるとは言えないが、乱はその後の秀能の心の有り様に少なからぬ影響を及ぼしたことであろう。

＊承久の乱―承久三年五月に、後鳥羽院が鎌倉幕府打倒を図って起こした乱。院方が敗れた。

＊風になびく…―秀能の09に既出。

13

暮れかかる篠屋《しのや》の軒《のき》の雨の中にぬれて言問《ことと》ふほととぎすかな

【出典】続拾遺和歌集・夏・一七八

日が暮れかかる篠屋の軒に降り注ぐ雨の中、濡れながら尋ねて来た郭公であるよ。

前の歌と同じく『為家卿家百首』中の作。日が暮れかかる頃の粗末な家、しかも雨が降り注いでいる。そこに、ほととぎすの声が聞こえて来たのである。「暮れかかる」は新古今時代に流行した表現で、雅経や慈円《じえん》が多く詠んでいる。良経《よしつね》にも、「暮れかかるむなしき空の秋をみておぼえずたまる袖の露かな」*という歌がある。日が暮れかかる虚空《こくう》に感じられる秋の気配《けはい》を見ていると、知らず知らずこぼれ落ちて袖《そで》にたまる涙の露であるという意。具体

【語釈】○篠屋―篠で葺いた粗末な家。「篠」は、細く小さい竹の総称。○言問ふ―ここでは訪れる意。

＊暮れかかる…―新古今集・三五八・藤原良経。

的に何か理由がある訳ではなく、夕暮れ時の大空の秋の気配というだけで、思わず涙がこぼれるほどの哀感《あいかん》を覚えるというのである。日が暮れようとするもの寂しい時刻の感慨や自然の景物の風情《ふぜい》が、当時の歌人に好まれたのであろう。そのような時刻に、思いがけずほととぎすの声が聞こえてきた。このほととぎすは、雨宿りを乞《こ》うているとも、雨に濡れながらわざわざ尋ねて来てくれたとも考えられる。寂しいこの歌中の人物が、思いがけないかわいらしい客の来訪を喜ぶ気持ちが伝わってくる歌である。

言問うという語を詠みこんだほととぎすの歌は、この歌以前の作はあまりない。『源氏物語』花散里《はなちるさと》巻*に見える「ほととぎす言問ふ声はそれなれどあなおぼつかな五月雨《さみだれ》の空」が、最も古い例であろうか。光源氏が、かつて一度だけ逢《あ》ったことのある女の家を訪れて歌を贈ったのに対する返歌《へんか》で、光源氏をほととぎすに例えたもの。ほととぎすが訪れて鳴く声は確かに昔のあの声ですが、五月雨の空がはっきりしないように、はっきりとはわかりませんと、光源氏とのはかない関係を恨んで、とぼけてみせた歌である。五月雨という雨模様の空の中、尋ねてきたほととぎすを詠んでいる点では秀能の歌と共通しており、秀能がこの歌を念頭に詠んだ可能性もある。

*花散里巻―光源氏が、父桐壺《きりつぼ》帝の女御《にょうご》である麗景殿《れいけいでん》の女御の妹、花散里を尋ねる話を描く巻。

14

鐘の音《おと》もあけはなれゆく山の端《は》の霧に残れる有明の月

【出典】続拾遺和歌集・秋下・三二六

夜明けを告げる鐘の音も、次第に明けてゆく山の端のあたりにかかっている霧の中に残っていて、そこには有明の月も残っている。

後鳥羽院主催の『建保四年院百首』中の一首である。この百首歌について、慈円の家集『拾玉集《しゅうぎょくしゅう》』により院が百首すべて秀歌とするよう求めたこと、また藤原定家の日記『明月記《めいげつき》』により当初建保三年（一二一五）中に詠進《えいしん》するよう求められたものの、翌年の二月五日まで期限が延期されたことが知られる。秀能の歌は、この百首歌から右の歌を含む十首が勅撰集に入集《にっしゅう》している。雅経もこの百首歌の作者の一人であるが、彼の歌は二十一首が勅撰集に入

【語釈】○あけはなれゆく―夜が明けていく。白んでいく。

集した。

この歌は、次第に明るくなってはきたが、山の稜線《りようせん》のあたりには霧がかかっている、その霧に包まれて、鐘の音と有明の月の両方が残っているという幻想的な景を詠んでいる。「あけはなれゆく」という表現は、西行《さいぎよう》の歌に見られるのが最初かと思われるが、内容的には他のいずれの歌もこの秀能の歌と大きく異なっている。また、山の端に霧や霞がかかる景色を詠んだのは、この歌が最初なのではないかと思われる。

鐘の音とは、寺院で一日を六分して六時とし、それぞれを鐘を突いて知らせた音で、ここでは暁《あかつき》の鐘の音。その響きが空に残っている状態をうたっている。第二句から第四句は、鐘の音と有明の月の両方を受けており、聴覚と視覚とを同じ次元に置いていることになる。新古今時代には、本来その物を捉《とら》えるのとは異なった感覚で捉える表現、いわゆる共感覚的表現が流行した。秀能の歌を例にとると、「蟬のはの薄き衣のうら風に天照《あまて》る月の影ぞ涼しき」*のような歌である。月の光という視覚で捉えるはずのものを、「涼しき」と触覚で捉えている。「鐘の音も」の歌は共感覚的表現ではないが、それに通じる要素を持つ歌であろう。

＊蟬のけの…——如願法師集・夏。

15

もの思ふ秋はいかなる秋ならむ嵐も月も変はるものかは

【出典】続拾遺和歌集・雑秋・五九三

もの思いをする秋とは、どのような秋なのだろうか。私にとっては、嵐が吹こうと月が空に輝いていようと変わりはしない。

雅経の11「あしひきの」の歌と同じく、建保二年（一二一四）八月十五日の『秋十首撰歌合』中の一首。秀能はこの年三十一歳。『如願法師集』*の詞書によると、この年に母を亡くしている。従って、この歌に詠まれている物思いは、主として母を失った悲しみによるものであろう。一般的に、秋は寂しい、物思いをする季節ではある。しかし、今の自分にはそのようなことは関係ない、周囲の状況とは関わりなく物思いに沈んでいるのだと、他の人とは

*『如願法師集』の詞書―建保二年母身まかりたりし秋、和歌所の精撰御歌合に（五首収められているが、他の四首は哀傷歌ではない。）

異なる思いをしていることを強調する。激しく吹き荒れる嵐と、秋の澄んだ月とでは、全く異なるはずであるが、今の自分にはなんら変わらないと突き放している。自分の悲しみは誰にもわからないと、心を閉ざしているかのようにも感じられる。

　この歌が詠まれる八年前に秀能は父を失い、05「露をだに」の歌を詠んでいる。この歌は、悲しみの深さは読み取れるものの、「露をだに」の歌と比べて人の死を悲しむ歌であることが明白ではない。事情を知らずに鑑賞する場合には何が原因の物思いかはわからない。なお、『如願法師集』には「露をだに」の歌の次に、母の喪《も》に服している時に藤原定家から贈られた見舞いの歌と秀能の返歌も収められている。

　表現面では、「変はるものかは」という句を用いた歌も、嵐と月とを並列した歌も少ない。ただし、嵐と月を並列した歌に、後鳥羽院の「*見るほどもしばし慰むひまもがな嵐も月も常ならぬ世に」などの作がある。見ている間だけでも、ほんのしばらくの間心が慰められる時間がほしいものだ、嵐も月も絶えず変化する無常のこの世でという意。承久の乱後に詠まれており、*遠《おん》流《る》となった院の鬱屈《うっくつ》した思いが感じとられる。

＊見るほども：―後鳥羽院御集。

＊遠流―流罪《るざい》のうち、最も重いもの。伊豆・佐渡・隠岐などに流されること。

16

旅衣《たびごろも》きてもとまらぬものゆゑに人だのめなる逢坂《あふさか》の関

【出典】続拾遺和歌集・羇旅・六六六

旅衣を着て出立するあなたは、せっかく都に来ても長くとどまることはない。してみると、あなたが越える「逢う」という名を持つ逢坂の関は、人にむなしい期待を抱かせる場所であるよ。

『如願法師集』の詞書によると、寛喜元年（一二二九）十一月三日、＊源光行《みつゆき》が関東へ下向する際、人々が餞別《せんべつ》の歌を贈った中の一首。「きて」に、旅衣を「着て」と「来て」を掛ける。今、旅衣を着て旅立とうとする光行に向かって、あなたは都に来ても長くいてはくれないと、やや恨みがましい口調で別れの辛《つら》さを訴える。都から関東へ下る光行は逢坂の関を越えていく。逢坂はその名により、和歌ではほとんどの場合、「逢ふ」と掛けられる。ここでも、

【語釈】○逢坂の関―近江国の歌枕。現在の京都府と滋賀県の境に位置する。かつて関所が置かれていた。

＊源光行―歌人であるとともに、『源氏物語』研究も行った人。この歌が詠まれた頃は鎌倉に住んでいた

逢うという名を持つ逢坂の関であるが、せっかく都に来てもすぐに東国へ帰ってしまうならむなしい期待を抱かせるだけであると、下句でも恨んで見せる。

ところで、藤原為家《ためいえ》の歌「立ちかへり来てもとまらぬ別れかな何そは名のみ逢坂の関」*も、『為家集』の詞書によるとこの時の作。「来てもとまらぬ」という表現はこの為家の歌にも見え、光行は実際に都に長くはいなかったのであろうと推察される。どうして逢坂の関の逢うは名ばかりなのか、という下句も右の秀能の歌と類似の発想である。この時、秀能四十六歳、光行六十七歳、為家三十二歳、光行の年齢から考えて、永久の別れになるかもしれないとの思いもあったのであろうか。実際には、八十二歳まで生きた光行より先に、秀能が没してしまったのであるが。

『如願法師集』にはもう一首、光行に贈った歌が見える。光行の六十賀《が》*の時の「六十《むそぢ》まで眺めなれこし宿の月かねてぞすめる千代の光は」という歌で、六十歳の今日まで眺め慣れてきた、あなたの家から見る月は、千年もの間澄んでいる光が、あなたの命も同様に長く続くようにと、あらかじめあなたの家に住んでいるのですよ、という祝儀の歌である。

(一一六〇—一二四四)。

*立ちかへり…—続後拾遺集・五五五。

*賀—長寿の祝い。

17

踏み分けて誰《たれ》かは訪《と》はん蓬生《よもぎふ》の庭も籬《まがき》も秋の白露

【出典】風雅和歌集・秋上・五〇一

草を踏み分けて、一体誰がこの家を尋ねてきてくれるだろう、蓬が生い茂った庭も垣根も、秋の白露がびっしりと置いている。

『如願法師集』の詞書によると、藤原時朝《ときとも》*に請《こ》われて「庭草露《にわのくさのつゆ》」という題で詠んだ歌。時朝は何度も自邸で歌会を催していることが知られるので、そのような会での作であろう。

季節は秋、蓬が生い茂り荒れてしまった庭にも垣根にも、一面に白露が置いている。誰か訪《おとず》れてはくれないかと、かすかな期待を捨ててはいないものの、これまでも尋ねてくれる人はいなかったように、おそらく今後も誰も来

*藤原時朝―姓は、塩屋《しおや》・笠間《かさま》・宇都宮を名のることもある。朝業《ともなり》（信生法師《しんしょう》）の子。常陸国笠間の領主（一二〇四―一二六五）。

てはくれないのだろうという諦《あきら》めにも似た心境である。

人の訪れのない住まいを詠む歌は、古典和歌には非常に多い。秀能には、この歌と同じく『風雅《ふうが》集』に入集した「*山深み雪消えなばと思ひしに又道たゆる宿の夏草」という歌がある。山が深いので、雪が消えたら誰か尋ねてくれるかと思っていたが、誰も来てはくれず、生い茂った夏草でまた道がなくなってしまったと、冬から春を経過して、夏になってもやはり人の訪れのない境遇を詠んだもの。「山深み」の歌では雪が消えたら人の訪れがあるのではないかと期待していたことが示されているの比べると、この歌では自分の置かれている寂しい境遇を受け入れて、心静かな境地《きょうち》に達している。

この歌は、『古今集』の「*里は荒れて人は古りにし宿なれや庭も籬も秋の野らなる」の歌と「庭も籬も」の句が共通しており、これを念頭に置いて詠んだのかもしれない。里は荒れて、住む人は年老いてしまった家だからだろうか、庭も垣根も秋の野のようになっていますという内容だが、光孝《こうこう》天皇がまだ親王であった時に*遍照《へんじょう》の母の家に宿った時の遍照の歌で、人は遍照の母を指す。親王の訪問という晴れがましいできごとがあった日の歌であるのに寂しい調子なのは、普段はやはり人の訪れがなかったのである。

*山深み……―風雅集・四〇三。

*里は荒れて……―古今集・二四八・遍照。

*遍照―平安時代の歌人で、六歌仙の一人。俗名良岑《よしみね》宗貞《むねさだ》。安世《やすよ》の子（八一六―八九〇）。

18

しづたまき数にもあらぬ身なれども仕《つか》へし道は忘れしもせず

【出典】風雅和歌集・雑下・一九二七

物の数でもないこの身であるが、朝廷に仕えてきたこれまでの道は忘れることはない。

詠歌年次不明の百首歌中の一首。ただし、『如願法師集』で作者名が「沙《*しゃ》弥《み》如願」となっていることから、出家後、すなわち承久三年（一二二一）の承久の乱後の作ということが知られる。仕《つか》えてきたと詠まれている相手は、秀能の経歴を考えれば後鳥羽院とみてまちがいない。その院は、承久の乱に敗れて今は隠岐《おき》にいる。従って、物の数でもない自分というのは単なる謙遜ではなく、自分の才能を認め活躍の場を与えてくれた院が逆境にあるのに、何の

【語釈】○しづたまき―麻などで作った粗末な腕輪の意で、「数にもあらぬ」にかかる枕詞として使われた。

＊沙弥―出家はしたがまだ正式の僧になっていない男子。

役にも立てない不甲斐《ふがい》ない自分を言っているのであろう。ただ、院に仕《つか》えてきたその恩は決して忘れないという意思を表明している。

秀能12「心こそ」の歌で記したように、秀能が承久の乱にどのように関わったのかは明らかではない。しかし、次男能茂《よししげ》が後鳥羽院に従って隠岐へ行き、院崩御まで仕えているほか、秀能自身は嘉禎《かてい》二年（一二三六）に院が催した『遠島御歌合《えんとうおんうたあわせ》』に参加するなど、乱後も院との関係は続いている。『如願法師集』には、貞永《じょうえい》元年（一二三二）の秋に西国へ下った時の歌として「＊命とは契らざりしを石見《いはみ》なるおきのしらしま又みつるかな」が見える。命があったらまた来ようとは約束しなかったが、石見にあるおきのしらしまを再び見たことだという内容。この時秀能は四十九歳。この歌により、彼が隠岐に渡ったのではないかとする説もある。「おきのしらしま」という言い方はこの歌以外には見られず、隠岐の島は石見ではなく隠岐国にあることから「おきのしらしま」が隠岐を指していると断定できない上、「見つる」を渡ったとまで解せるかなどやや問題はあるが、隠岐に行った可能性も考えることはできようか。もしも隠岐に行ったならば、「しづたまき」の歌に表出されている院への思いは非常に強いものであったということになる。

＊命とは……―如願法師集・雑下。

19

逢ひがたき御代《みよ》にあふみの鏡山《かがみやま》曇りなしとは人もみるらむ

【出典】風雅和歌集・賀・二二〇一

めったに遇《あ》うことのできないすばらしい御代にあうことができたこの身は、近江国の鏡山のように一点の曇りもないと、人々も見ていることであろう。

建暦《けんりやく》二年（一二一二）十二月成立の『五人百首』中の一首。『五人百首』とは、後鳥羽院が、藤原定家・藤原家隆・秀能らに二十首ずつ詠進させ、自身の二十首を加えて百首としたもの。残る一人が誰かは不明。『如願法師集』によって、秀能は春五首、秋十首、雑五首を詠んだことが知られる。

院の治世《ちせい》をめったに遇うことのできない聖代であると誉めたたえ、そのような御代《みよ》に生まれ合わせた喜びを、一点の曇りもないと歌っている。「あふ

【語釈】○鏡山―近江国の歌枕。現在の滋賀県蒲生《がもう》郡竜王《りゅうおう》町と野洲《やす》市の境にある。

み」に「遇ふ身」と「近江」をかけ、近江にある鏡山へと続ける。鏡山は、その名からしばしば鏡に見立てて詠まれるが、この歌でもそうである。鏡の性質ゆえに、曇りなしと詠まれることが多い。早い例では「みがける心もしるく鏡山曇りなき代にあふが楽しさ」*がある。一生懸命磨いた心のかいがあって、鏡山のように曇りのない治世に出会うのが楽しいことだと寿《ことは》いだ歌である。秀能の歌は、この歌と内容・表現とも類似しており、特に新しさがある訳ではないが、「人も」と言っていることから、自分もそう思っているが、他者から見ても私は曇りない境遇にあると見えていることだろうという満たされた思いを詠んでいる。もとより、主催者後鳥羽院へのあいさつの歌ではあるが、秀能の立場を考えると、本心もこれに近かったのではないだろうか。

当時の歌人は皆、少なからず述懐歌《しゅっかいか》を詠んでおり、多くの場合その中に不遇を嘆く歌が含まれるが、彼にはそれはない。また、秀能の述懐歌は、ほとんどが承久の乱後に詠まれ、昔を懐かしむ内容である。乱以前の秀能は、後鳥羽院によって与えられた立場に喜びを感じていたこと、それだけに、乱により彼が心に受けた傷が大きかったであろうことが推察される。

*みがきける…―拾遺集・六〇八・大中臣能宣。

20

旅衣《たびごろも》慣れずは知らじ大方《おほかた》の秋のあはれは思ひこしかど

【出典】新続古今和歌集・秋下・五五六

旅を続けて旅衣を着なれることがなかったら、この寂しさは知らなかったであろう、一般的な秋の風情のことは今までも思ってきたけれど。

建保三年（一二一五）六月二日に後鳥羽院が御所で催した『院四十五番歌合』での作。衆議判で、判詞《はんじ》は院が執筆した。この歌合は、七月七日に鎌倉の源実朝《さねとも》に贈られたことが知られ、企画の段階から実朝を意識していた可能性があると指摘されている。この歌は、下句が優美であると評価されたが、相手の歌も良いとされ、持《じ》となった。

この歌は、『千載《せんざい》集』と『紫式部集』に見える紫式部の歌「*大方の秋のあ

＊大方の……千載集・二九九。紫式部集の詞書によると、夫の訪れのないことを嘆いて、九月の月の明るい夜に詠んだ歌。

はれを思ひやれ月に心はあくがれぬとも」を本歌としている。『千載集』では秋の部に収められており、世の常の秋の風情《ふぜい》を思いやってください、月にひかれて心がさまよいだしてしまうとしても、という意になる。一方『紫式部集』の詞書によって解釈すると、月は他の女性の比喩《ひゆ》で、忘れられた女の悲しみを詠んだ歌となり、この方が理解しやすい。秀能の歌は、世の常の秋の風情とは異なったあわれを、旅を続けることで知ったと言い、旅ならではの発見があったことを示すが、それがどのような風情だったのかは明示されていない。読者である我々は、他の旅の歌などからある程度類推することができるものの、やや観念的である。

『如願法師集』には旅という部立《ぶだて》があり、三十九首が収められているが、実際の旅で詠んだ歌およびそれに関連する贈答歌は十二首しかなく、『明日香井集』の雑《ぞう》の部に、実際の旅の歌および関連歌が約八十首見えるのとは大きく異なる。前述の西国《さいごく》へ下った時の歌は雑《ぞう》の部に収められており、述懐歌と捉えられていたようで、実際の旅での歌と関連歌十二首中十一首までが、任務で筑紫《つくし》へ下向していた時の歌とそれに関わる贈答歌である。その時の歌は、最後に取りあげてみたい。

21

白波《しらなみ》の跡を尋ねしうれしさは朱《あけ》の袂《たもと》にあらはれにけり

【出典】新千載和歌集・雑中・一九九八

盗賊を追って捕えた嬉しさは、私の緋色《ひいろ》の衣の袂のあざやかな色に表れています。

長い詞書を持つ贈答歌である。要約すると、建保四年（一二一六）春、＊検非違使《けびいし》であった秀能は、＊東寺《とうじ》の＊仏舎利《ぶっしゃり》を盗んだ者を捕えた褒美として、出羽守《でわのかみ》を兼任することになった。それを祝福する＊津守経国《つもりつねくに》からの歌への返歌である。『新千載集』にこの時の経国の贈歌「あけながら重ねてけりな唐錦《からにしき》たつ白波の跡を尋ねて」*とともに収められている。双方の歌に見える「白波」は盗賊のことで、白波の跡を尋ねるとはここでは盗賊を捕えたことを指す。また、

【語釈】○白波―盗賊の異称。

＊検非違使―令外官《りょうげのかん》の一つ。京中の非法や違法を検察する役。

＊東寺―京都市南区にある寺。延暦十三年（七九四）創建。

＊仏舎利―釈迦《しゃか》の遺骨。

「朱」は緋色のことで、五位の者が着る緋衣《あけごろも》をさす。秀能が当時五位であったことによる表現である。従って、経国の歌は、五位のまま職務をもう一つ重ねることになったのですね、盗賊を追って捕えてという意で、事実をそのまま詠んだような内容である。

この贈答は、『如願法師集』にも同内容の詞書とともに収められているが、その前には同じ時の藤原定家*との贈答も見える。定家の贈歌は「暮れし夜も朱の衣の袖の浦*いとど白波声やをさめむ」で、暮れた夜も明けるようなあざやかな緋衣を着たあなたの活躍で、いっそう盗賊たちは鳴りを潜《ひそ》めることでしょうという内容。やはり「朱」「白波」を詠みこんで祝福するが、出羽守兼任は「袖の浦」で暗示し、下句に秀能の活躍で盗賊もおとなしくなるだろうと推測している点、経国より巧みである。秀能の返歌は「袖の浦をかさねて嬉し朱衣《あけごろも》たつ白波のをさまれる代《よ》は」で、出羽守を兼ねることになり嬉しく思います、盗賊の事件の収まった御代はという意。当然ではあろうが、秀能歌二首には「嬉し」の語が詠まれ、手柄を立てることができた喜びを素直に表している。この二組の贈答からは、歌人秀能の武人としてのもう一つの顔を垣間《かいま》見ることができる。

*津守経国—住吉社の神主（一一六三—一二二八）。

*あけながら—「たつ」は錦を「裁つ」と「立つ」白波を掛け、「唐錦」は「裁つ」にかかる枕詞。

*藤原定家との贈答—『如願法師集』雑中に見える。定家の家集『拾遺愚草』には見られない。

*袖の浦—出羽国の歌枕。ここでは、秀能が兼任することになった出羽守を暗示する。

22

都いでて百夜《ももよ》の波の仮枕《かりまくら》なれても疎《うと》き物にぞありける

【出典】如願法師集・旅・八一五

都を出て既に百夜も波の上の旅寝をしているが、この旅は慣れてもつらいものであることだ。

【語釈】○仮枕―仮寝《かりね》に同じで、仮の宿り、旅寝のこと。

これも秀能の任務に関わる歌である。文治《ぶんじ》元年（一一八五）の壇《だん》の浦《うら》の戦いで海の底に沈んだ三種の神器の一つ、宝剣の探索を命じられ、秀能は建暦二年（一二一二）五月に筑紫に下り、九月に上洛《じょうらく》した。『如願法師集』には門司《もじ》にいた時の歌が十一首収められている。歌の性質上芸術性のさほど高いものは見られないが、彼が置かれていた状況や率直な心境が窺《うかが》われて興味深い。

「都いでて」の歌からの四首は一まとまりで、その次の八一九から八二三には「安楽寺にまゐりて」という詞書がある。安楽寺というのは現在の福岡県太宰府市《だざいふ》にあった寺を指すと思われ、これも同じ筑紫下向の時の歌であろう。その中には「さりともと思ふ心の深き海によに立つ波の恨めしきかな」「秋風に待ちし日数も重なればなほ恨めしき沖つ白波」「旅衣浦々ごとに漁《あさ》りして祈るかひある浪の間《ま》もがな」があり、当時の状況が分かる。困難であっても何とか探し出そうと思う心が深いのに、深い海に立って捜索を邪魔する波が恨めしいという一首目、秋風が吹いて波が高いために捜索ができず、待機した日数が重なっているので、やはり恨めしい沖の白波であるという二首目からは、波が立って船が出せず、捜索ができないいらだちが感じられる。既に秋になっていることも知られ、筑紫に下ってから何ヶ月も経過していて、功を焦《あせ》る気持ちや都恋しい気持が募《つの》っているのであろうが、できることといえば波を恨むぐらいである。三首目は、旅衣を着て浦々を探し回っているが、この安楽寺に祈った甲斐《かい》のある波の立たない間があってほしいものだと、これも波が静かであることを願う。浦から浦へ旅をしながら捜索をしていたことが知られ、その疲労もかなりものであったと推測されるが、結局発見はできなかった。

歌人略伝

飛鳥井雅経　嘉応《かおう》二年（一一七〇）—承久三年（一二二一）三月十一日、五十二歳。刑部卿《ぎょうぶきょう》頼経《よりつね》の次男。母は源顕雅《あきまさ》女。飛鳥井流蹴鞠の祖。父頼経が源義経に同心した罪により伊豆に流された後、雅経は鎌倉に下向。蹴鞠を好んだ二代将軍源頼家に厚遇され、重臣大江広元《おおえのひろもと》女を妻とした。建久八年（一一九七）後鳥羽院の命により上洛、同年侍従となり、以後昇進を重ね従三位参議に至る。院に歌才を認められ、『千五百番歌合』をはじめとして多くの和歌行事に参加、院歌壇の中心メンバーとなり、和歌所寄人、『新古今集』の撰者の一人となる。続く順徳天皇内裏歌壇でも活躍した。何度も鎌倉へ下って、和歌を好んだ源実朝と都の歌人のパイプ役となり、鴨長明と対面させるなどした。家集に『明日香井集《あすかいしゅう》』、蹴鞠書に『革匊別記《かくきくべっき》』『蹴鞠略記《しゅうきくりゃつき》』がある。『新古今集』に二十二首、以下勅撰集に計百三十五首入集。

藤原秀能　名は「ひでよし」（「ひでとう」とも）。元暦《げんりゃく》元年（一一八四）—仁治《にんじ》元年（一二四〇）五月二十一日、五十七歳。河内守秀宗《かわちのかみひでむね》男。母は源光基《みつもと》女。正治元年（一一九九）後鳥羽院の北面《ほくめん》の武士となる。左兵衛尉《さひょうえのじょう》などを経て従五位上検非違使《けびいし》兼出羽守に至る。壇の浦の戦いで海に沈んだ宝剣の探索をし、東寺の仏舎利盗人を捕えるなど武人としても活躍した。承久の乱の際には院方の大将になったとも言われる。乱後に出家、法名如願《にょがん》。後鳥羽院に歌才を認められ、建仁元年（一二〇一）頃院歌壇に加えられ、和歌所寄人に追加で任じられた。主に後鳥羽院主催の和歌行事に参加した。隠岐で院が催した『遠島御歌合《えんとうおんうたあわせ》』にも参加した。家集に『如願法師集』がある。『新古今集』に十七首、以下勅撰集に計八十首入集。

略年譜

年号	西暦	雅経	秀能	雅経・秀能の事跡	歴史事跡
嘉応二	一一七〇	1		飛鳥井雅経生まれる	
元暦元	一一八四		1	藤原秀能生まれる	治承四年　源頼朝挙兵
文治五	一一八九	20		雅経の父頼経、伊豆に配流 その後数年のうち　雅経鎌倉へ下向	文治元年　平家滅亡
建久八	一一九七	28		雅経後鳥羽院の命により上洛	建久三年　鎌倉幕府開く
同				十二月、雅経任侍従、院の近習となる	
正治元	一一九九		16	秀能後鳥羽院北面となる	
正治二	一二〇〇頃			後鳥羽院歌壇活動開始	
同				正治後度百首に雅経出詠	
建仁元	一二〇一	32	18	春、雅経と秀能とで百首歌を詠む	
同				七月、雅経和歌所寄人。後に秀能も	
同				十月以降、千五百番歌合に両者出詠	

同	十一月三日			十一月、雅経新古今集撰者	
元久二	一二〇五	36	22	三月二十六日、新古今集竟宴、雅経二十二首、秀能十七首入集	
同				六月、元久詩歌合に両者出詠	
承元元	一二〇七	38	24	最勝四天王院障子和歌に両者出詠	
建暦元	一二一一	42		九月、雅経鴨長明を伴って鎌倉へ下向	
建暦二	一二一二		29	秀能宝剣探索のため筑紫へ下る	
					建保四年十二月　新古今集完成
建保六	一二一八	49		一月、雅経従三位に叙せられる	
承久二	一二二〇	51		十二月、雅経参議に任じられる	
承久三	一二二一	52		三月十一日　雅経没	五月　承久の乱。後鳥羽院隠岐へ配流
同			38	承久の乱後、秀能出家	
嘉禎二	一二三六		53	遠島御歌合に秀能出詠	
延応元	一二三九			二月二十二日　後鳥羽院隠岐で崩御、六十歳	
仁治元	一二四〇		57	五月二十一日　秀能没	

解説　「後鳥羽院に見出された二人の歌人」――稲葉美樹

歌壇への登場

飛鳥井雅経と藤原秀能は、ともに新古今時代の代表的な歌人に数えることができるであろう。しかし、藤原定家《ていか》・藤原良経《よしつね》・藤原家隆《いえたか》・慈円《じえん》・後鳥羽院《ごとばいん》らほどの知名度はないのではないだろうか。その主な理由は、彼らが歌壇《かだん》（歌人集団、あるいは歌人の社会）に登場するのが、定家らに比べて遅かったことである。建久初年（一一九〇）頃から、良経は叔父である慈円の協力を受けながら歌壇活動を行っており、定家らは既にそこに加わっていた。ところが、建久七年の政変で良経らの九条《くじょう》家が失脚し、九条家歌壇はその活動を終えることになる。九条家歌壇を引き継ぐ形で活動を開始したのが後鳥羽院である。正治二年（一二〇〇）頃から歌会《かかい》・歌合《うたあわせ》を主催するようになり、既に政界に復帰していた良経を始め、定家ら九条家歌壇のメンバーだった歌人たちもここに参加した。九条家歌壇での実績はなく、後鳥羽院歌壇の活動開始後に登場したのが雅経と秀能だったのである。登場が遅れた理由は、雅経は建久八年二月まで鎌倉に在住していたこと、秀能はまだ若かったことによる。ここまでに名を挙げた歌人を生年順に示すと、慈円は久寿二年（一一五五）、家隆は保元三年（一一五八）、定家は応《おう》保《ほう》二年（一一六二）、良経は嘉応元年（一一六九）、雅経は翌嘉応二年、後鳥羽院は治承四年（一一八〇）、秀能は元暦元年（一一八四）となる。雅経と秀能とでは十四歳の差があるが、二人はほぼ同時期に歌壇に登場した、いわば同期であり、後鳥羽院に歌才を認められ活躍の場を与えられたという共通項があったのである。秀能の家集『如願《によがん》法師集』から、建仁元年（一二〇一）には、二人で住吉社に参詣したこと、春に二人で百首歌を詠んだことが知られ、本人たちもその共通性を意識していたと考えられる。

　では、二人はどのような過程を経て、後鳥羽院歌壇の中心的メンバーとなっていったのだろうか。建久八年、二十八歳の雅経が院に上洛《じょうらく》を命じられたのは、蹴鞠《けまり》の会に参加するためであり、当初雅経が院に評価されていたのは蹴鞠であった。ただし、雅経の父頼経《よりつね》には和歌に関する事績は見られないものの、祖父頼輔《よりすけ》とその兄教長《のりなが》は家集を残しており、特に教長は崇徳院《すとくいん》歌壇の中心的な歌人として活躍していたので、雅経には歌人としての一定の素地があったものと思われる。帰京の翌年、建久九年五月の「鳥羽百首」が確認できる中で最初の雅経の作品である。これは私的な作品と考えられるが、院が目にした可能性が指摘されている。雅経が後鳥羽院主催の和歌行事に加えられるようになったのは、その二年後の正治二年、後鳥羽院が歌壇活動を開始して間もなくである。雅経が参加した院主催の和歌行事の最初は、同年八月一日の「新宮《しんぐう》歌合」であるが、この歌合は現存せず、雅経以外に作品が知られるのは院のみである。この後同年中に、雅経は後鳥羽院が主催する和歌行事に五回、源通《みち》親《ちか》が主催する和歌行事にも二回参加していることが知られる。その中で注目されるのは、院主催の『正治《しょうじ》後度《ごど》百首』である。同年に行われた『正治初度百首』に続くものであるが、雅経が参加した初めての大規模な和歌行事であるからである。ただし、初度が当時の代表的な歌人を網羅《もうら》していたのに比べると、規模も小さい上、参加歌人もやや見劣りするため、初度の補遺として行われたものだったと見られている。一方秀能は、翌建仁元年から歌会などに参加するようになるが、武士であった彼がどのようなきっかけで和歌を詠み始めたのかは不明である。

建仁元年で注目されるのは、二月八日に院が催した『十首和歌』である。これには、雅経・秀能とも参加している。この行事については定家の日記『明月記《めいげつき》』により詳細を知ることができる。それによると、良経・定家・家隆・藤原俊成《しゅんぜい》らが院の命によりこの会に列席していながら出詠《しゅつえい》はしていないことから、この会は新進歌人二十名の試験であり、雅経・秀能らは合格して、以後院歌壇のメンバーとして定着することになったと考えられる。この時、秀能は十八歳の若さであった。

『新古今集』撰進

建仁元年は、『新古今集』撰進に向ける動きが始まった、和歌史上重要な年である。七月二十七日に、後鳥羽院は和歌所《わかどころ》を設置し、雅経は十一名の寄人の一人に任命された。秀能も後に追加された三名の中の一人である。さらに、十一月三日には撰者六名が任命され、その中に雅経も含まれている。『新古今集』は、元久二年（一二〇五）三月二十六日に、竟宴《きょうえん》と呼ばれる、勅撰集の撰進が終わった後に行われる宴会があり、ひとまず完成した。しかし、その翌々日から切継《きりつぎ》という和歌の入れ替え作業が始まり、これは承元四年（一二一〇）九月頃まで約五年間続いた。最終的な本文が清書され、完成したのは建保四年（一二一六）十二月二十六日である。撰進および切継作業中も度々歌会や歌合が行われ、雅経・秀能ともその多くに参加している。完成した『新古今集』に雅経の歌は二十二首、秀能の歌は十七首入集している。入集歌数の多い方から数えて、雅経が十一位、秀能が十四位である。

雅経・秀能の和歌

後鳥羽院には『後鳥羽院御口伝《ごくでん》』という歌論書の著作がある。この中には「近き世」の歌人十五人についての論評がある。雅経については「ことに案じかへりて歌詠みし者なり。いたくたけある歌などは、むねと多くは見えざりしかども、手だりと見えき。」と記されている。つまり雅経は、思案を重ねて歌を詠んだ者で、非常に格調高い歌などは多くは残していないが、腕利きと思われた、というのである。比較的高い評価といえよう。

一方、順徳天皇の歌学書『八雲御抄《やくもみしょう》』は雅経を「よき歌人」としながらも、「人の歌を取る」と批判している。同時代の他の歌人が考え出したすぐれた表現を雅経が取り入れて歌を詠《よ》んだと述べ、実例も示している。雅経にはもう一つ、しばしば批判されることがある。それは、本歌取をする際、本歌を取りすぎる傾向があることである。本歌取では、大まかに言って二句程度を取るのが一般的であるが、雅経の場合それよりも多く取った例が少なからず見られるのである。これらと関わるのは、雅経の秀句（巧みな表現の句）を好むという特徴であろう。雅経の歌には、流行表現や、新古今時代以前にはあまり見られなかったような新しい表現を用いたものが多い。また、雅経が考え出したのではないかと思われる表現も多く見られる。この特徴が、時には人の歌を取ると批判を浴びることにも繋がったのであろう。

そのほか、旅の経験が豊富なため、旅情を詠んだ歌に優れていると考えられる。家集『明《あ》日香井《かい》集』には、千六百七十二首の歌が収められている。

秀能について『後鳥羽院御口伝』には、「身のほどよりもたけありて、さまでなき歌も、ことのほかにいでばえするやうにありき。」と書かれており、身分に比して格調の高さがあって、大したことのない歌も、意外に見栄えがすると評価されている。ところがそれに続けて、定家は最低の歌だと言っていると述べられていて、興味深い。家集『如願《にょがん》法師集』には、九百九十三首の歌が収められている。

新古今時代の終焉

『新古今集』の切継が続く中、承元二年頃からは後鳥羽院の和歌への情熱は衰えていったと考えられ、承元三年には院主催の和歌行事と確認できるものはない。しかし、建暦二年（一二一二）から、全盛期ほどではないが院は和歌活動を再開し、雅経・秀能の両者もその大半に参加している。また、同じ頃から順徳《じゅんとく》天皇の内裏《だいり》歌壇の活動も開始される。順徳天皇歌壇は天皇近侍《きんじ》の歌人中心のものであったため、回数は少ないものの雅経が参加しているのに対し、秀能はほとんど参加していない。

承久三年（一二二一）五月、承久の乱が起こるが、雅経はその約二ヶ月前に没している。鎌倉との関わりも深かった雅経は、生きていれば乱の渦中では難しい立場に立たされたのではないだろうか。同年三月七日に行われた、順徳天皇主催の『春日社《かすがしゃ》歌合』の歌三首が、雅経の最後の作品である。この歌合が行われたわずか四日後に、雅経は没した。

一方の秀能は、乱において後鳥羽院方の大将を務めたとする記録がある。しかし、大将ともなれば乱後は厳罰に処されてしかるべきなのに、出家をしただけで特に罪に問われた形跡がないことなどから、疑問視する説もある。乱では、兄秀康《ひでやす》・弟秀澄《ひでずみ》・子息秀範《ひでのり》が命を落としており、秀能の心に深い傷を残したことであろう。秀能は熊野に逃れ出家する。嘉禄元年（一二二五）頃、熊野から帰京したのではないかと考えられ、再び歌会などに参加するようになった。この間、秀能は多くの述懐歌《しゅっかいか》を残しており、それらは心情を率直に吐露《とろ》したものが多い。嘉禎二年（一二三六）に後鳥羽院が隠岐《おき》で催した『遠島《えんとう》御歌合』に加わった。配流後も精撰を重ねて「隠岐本」と呼ばれる『新古今集』を残すほど『新古今集』の編纂に心血を注いだ後鳥羽院が、延応《えんおう》元年（一二三九）二月二十二日、六十歳で崩御、その一年余り後の仁治元年（一二四〇）五月二十一日、秀能も没する。

『新古今集』撰集作業が開始される少し前から完成の頃までの三十年弱の間は、新古今時代と呼ばれている。この時代は優れた歌人が多く輩出し、和歌史上他に例を見ないほど活気に満ちた時代であった。活況を呈した理由には、定家のような天才歌人の出現もあろうが、それとともに、才能ある歌人の発掘に努め彼らに活躍の場を与えた後鳥羽院の存在が大きかったのではないだろうか。雅経も秀能も、後鳥羽院に見いだされていなかったら、これほどの質・量の和歌を残すことはなかったかもしれない。

読書案内

『雅経　明日香井和歌集全釈』　中川英子　渓声出版　二〇〇〇
廉価ではないが、現在、『明日香井集』全歌の注釈書はこれしか刊行されていない。語釈・通釈のほか、歌によっては余釈や参考歌を記す。

○

新日本古典文学大系『新古今和歌集』　田中裕・赤瀬信吾　岩波書店　一九九二
雅経・秀能の和歌を知るには、『新古今集』を読むことは有効であろう。彼らの歌は合わせて三十九首入集している。大意・本歌・語釈・参考事項を記す。

○

新編日本古典文学全集『新古今和歌集』　峯村文人　小学館　一九九五
頭注に歌題や作歌動機・本歌・語釈・参考歌等を、脚注に口語訳・鑑賞を記す。入手しやすいものの中では最も詳しい注を付す。

○

『新古今和歌集　上・下』　久保田淳　角川ソフィア文庫　二〇〇七
文庫本ではあるが、通釈・本歌のほか、詳細な語釈・参考を記す。

○『最勝四天王院障子和歌全釈』　渡邉裕美子　風間書房　二〇〇七

『最勝四天王院障子和歌』は、雅経・秀能の歌を計九十二首含む。名所についての解説の後、和歌の通釈・語釈・参考等詳細な解説を記す。

○『中世初期歌人の研究』　田渕句美子　笠間書院　二〇〇一

秀能に一章を充てており、第一節は出自およびその一族・第二節は生涯・第三節は『如願法師集』。

【付録エッセイ】

『新古今集の鑑賞』（立命館出版部　昭和七年七月）

北面の歌人秀能

川田　順

太上天皇を輝き繞る幾多の詩星の中に我が藤原秀能も居つた。二條殿の内に置かれたといふ當年の和歌所に出入する仕官の歌人達の中で、秀能は最も身分の低い者であつたらしい。建保二年九月水無瀬殿の清撰の御歌合の時、北面の秀能の歌がやんごと無き人々にも立ちこえて九首まで召され、しかも院のおんかたてに參つて、末代までの面目をほどこした由を増鏡に書いてある。

藤原秀能の經歴に就いて今日までに私の知り得たところは甚だ乏しい。「鎭守府將軍秀郷の後胤河内守秀宗の第二子なり。初め土御門内大臣通親の家に祗候す。年甫めて十六、後鳥羽上皇の北面に召されて堂上を聽さる。新古今集撰定の事あるや、和歌所寄人に加へられ、累進して承元四年廷尉に任ぜらる。建保四年出羽守に任じ、同五年正五位上に敍せらる。承久の變に追手の大將となり、亂平ぎて後、熊野山に入りて出家し、法名如願と號す。仁治元年五月二十一日卒す、年五十七。」日本百科大辭典第九卷に斯う書いてある。それから新古今集に彼れの熊野參詣の時の歌が載つてゐるのから推すと、建仁元年十月の太上天皇熊野御

川田順《かわだじゅん》（歌人・実業家）〔一八八二—一九六六〕『愛国百人一首』『完本川田順歌集』。

幸の供奉に加はつたものらしい。

この人の作は新古今集に十七首取られてゐる。同集春歌上、

花ぞ見る道の芝草ふみわけて吉野の宮の春のあけぼの

の作者を流布本に正三位秀能としてあるが、それは正三位季能の寫し誤りであらうと私は推定する。新古今撰進の元久年間に我が秀能が三位であらう筈の無い事は、增鏡の記事からしても、前述の百科大辭典記載の履歴からしても、疑の存せぬ事である。更に又、私の推定の確かな事は定家の明月記からも裏書出來るのである。明月記を開いて見ると通光、通具、有家、家長、家隆、具親、雅經等當時の主なる堂上歌人の名前は到る處に出されてゐるにも拘らず、我が秀能の名前だけは稀にしか見當らない。僅に元久二年正月除目の記事の中に主馬首藤秀能といふ文字が見られるぐらゐのものである。これは多分我が秀能の事であらうと推測する。若しも彼が三位の身分の殿上人であつたならば明月記の中に始終引合に出されねばならぬ筈である。であるから私は流布本の正三位秀能を季能の書き損ねと斷ずるのである。正三位季能は冬歌の部に千鳥の歌一首の作者として載せられてゐるのみならず、明月記のところ〴〵にも名前を見せてゐる。ついて乍ら千載集の作者に左京大大秀能といふ名前の人があるけれども、これも我が秀能で無い事は同樣に身分の點から考證出來ると思ふ。

考證ついでに彼れの年齢と作品との關係をも調べて見度いと思ふ。仁治元年に五十七歳で卒去したとすると、元暦元年の生れであつて、熊野御幸の供奉及び和歌所寄人の拜命が十八歳、新古今集撰進の當時が二十二歳といふ事になる。驚くべき早熟の才人である。尤も此の時代の歌人には早熟の人が多かつたので、大器晩成などいふ氣樂な者は藥にしたくも見付か

らない。定家の早熟は勿論として、新古今集の成つた元久二年に於いては太上天皇が御壽二十六、良經が三十七歳、雅經が三十六歳に過ぎなかつた。その中でも我が秀能の若いのには驚かされる。何から何まで型にはまつた平安朝の最末期、萎微沈滯の極にあつたと目せられる頽廢的貴族社會に於いて、これは又おどろくべき實力主義の實現では無いか。當年の歌人等が非凡なりし爲めか、それとも保護者太上天皇の聰明にあらせられた爲めか。蓋し兩つながら相俟つた結果であらう。

この藤原秀能に就いて一文を草する程私の興味をひいた所以は、彼が身分の最も低い作者であつた事と、極めて早熟の歌人であつた事と、さうしてその歌が十分光つてゐる事とに外ならない。

あしびきの山路の苔の露の上にねざめ夜深き月をみるかな

山里の風すさましき夕ぐれに木の葉みだれてものぞ悲しき

新古今集中にはめづらしいありのままの歌である。しかも當時の作者の長所として、技巧にいささかのそつも無い。ありのままではあるけれども、ざつくばらんで無い。

おく山の木の葉のおつる秋風にたえだえ峯の月ぞ殘れる

月すめばよもの浮雲そらに消えてみ山がくれをゆくあらしかな

二首共熊野參詣の時の作であつて、前者は晩秋蕭條の山景を如實にあらはし、後者は巧妙極まり無いものである。桂園一枝に「てる月は高く離れてあらしのみ折々松にさはる夜半かな」といふのがある。秀能の「月すめば」とおなじ處を見付けたのであつて惡い歌では無いけれども、彼此くらべて見ると錦と布ほどの値打の差がある。今人は或は實用向な布の方を重寶がるかも知れないけれど、錦は何處までも錦である。

夕月夜汐滿ち來らし難波江のあしの若葉にこゆる白浪

この一首だけでも彼は新古今集中に儼として存在を認めしめる。

草枕ゆふべの空を人とはばなきても告げよ初雁のこゑ

袖のうへにたれゆゑ月は宿るぞとよそになしても人の問へかし

當時の和歌の弊たる「作意の勝ち過ぎた」ところはあるけれども、それはそれとして、右二首共に佳作たるを失はない。今人の喜ぶところの無爲の食客的凡作に比べれば、作意が有るだけでも取りどころである。

今さらに住みうしとてもいかがせむ灘のしほ屋の夕ぐれの空

すてばちな處がいゝ。鹽井雨江著「新古今和歌集詳解」に此の歌を註釋して「何事か決心する事ありて灘の鹽屋に世を思ひ捨てたる身の、夕暮の空にはいとど悲しく侘びしく思ひこの述懷なるべし」と言つてゐるのは贊成出來ない。作者はまだ二十歳前後の執着の花盛りで、世を思ひ捨てるなどは思ひも寄らないのだ。これは題詠の歌に相違ない。題詠で遯世するぐらゐの事は當時の歌人等には朝飯前の仕事であつた。さうして、題詠の歌に十分な實感を持たせる事も彼等の容易く成し遂げた處である。新古今歌人の作歌態度を檢討すれば這般の消息はおのづから明らめられるのである。雨江は此の一首の實感味にごまかされてしまつた。蓋し彼は正直過ぎた註釋家である。

以上は新古今集に出てゐる十數首の歌から秀能を瞥見したに過ぎない。彼れの作はなほ新勅撰集及び續後撰集等にも取られてゐるが、私は未だそれ等を見て居ない。藤原秀能の家集なるものが今日遺されてゐるか否かも私は未だ究めてゐないが、竹柏園大人にでも教を仰がうと思ふ。

（大正十二年一月稿）

稲葉美樹（いなば・みき）
＊神奈川県生。
＊明治大学大学院修了。
＊現在　十文字学園女子大学短期大学部非常勤講師。
＊主要論文
「源実朝における中古文学受容の一側面」（『明治大学大学院紀要』）
「『明日香井集』東国下向歌群（仮称）考」（『日本文芸思潮史論叢』）
「飛鳥井雅経の『正治初度百首』詠」（『日本文学』）

飛鳥井雅経《あすかいまさつね》と藤原秀能《ふじわらのひでよし》　コレクション日本歌人選 026

2011年11月30日　初版第1刷発行

著者　稲葉 美樹
監修　和歌文学会

装幀　芦澤 泰偉
発行者　池田つや子
発行所　有限会社　笠間書院
東京都千代田区猿楽町2-2-3［〒101-0064］
NDC分類 911.08　電話　03-3295-1331　FAX 03-3294-0996

ISBN978-4-305-70626-3 印刷／製本　シナノ
乱丁・落丁本はお取り替えいたします。　（本文用紙：中性紙使用）
出版目録は上記住所または info@kasamashoin.co.jp まで。

コレクション日本歌人選　第Ⅰ期～第Ⅲ期

＊印は既刊。　★印は次回配本。

第Ⅰ期　20冊　2011年（平23）2月配本開始

1	柿本人麻呂＊	かきのもとのひとまろ	高松寿夫
2	山上憶良＊	やまのうえのおくら	辰巳正明
3	小野小町＊	おののこまち	大塚英子
4	在原業平＊	ありわらのなりひら	中野方子
5	紀貫之＊	きのつらゆき	田中登
6	和泉式部＊	いずみしきぶ	高木和子
7	清少納言＊	せいしょうなごん	圷美奈子
8	源氏物語の和歌＊	げんじものがたりのわか	高野晴代
9	相模＊	さがみ	武田早苗
10	式子内親王＊	しょくしないしんのう（しきしないしんのう）	平井啓子
11	藤原定家＊	ふじわらていか（さだいえ）	村尾誠一
12	伏見院＊	ふしみいん	阿尾あすか
13	兼好法師＊	けんこうほうし	丸山陽子
14	戦国武将の歌＊		綿抜豊昭
15	良寛＊	りょうかん	佐々木隆
16	香川景樹＊	かがわかげき	岡本聡
17	北原白秋＊	きたはらはくしゅう	國生雅子
18	斎藤茂吉＊	さいとうもきち	小倉真理子
19	塚本邦雄＊	つかもとくにお	島内景二
20	辞世の歌＊		松村雄二

第Ⅱ期　20冊　2011年（平23）10月配本開始

21	額田王と初期万葉歌人	ぬかたのおおきみ しょきまんようかじん	梶川信行
22	東歌・防人歌	あずまうた さきもりか	近藤信義
23	伊勢＊	いせ	中島輝賢
24	忠岑と躬恒	みぶのただみね おおしこうちのみつね	青木太朗
25	今様＊	いまよう	植木朝子
26	飛鳥井雅経と藤原秀能＊	まさつね ひでよし	稲葉美樹
27	藤原良経★	ふじわらりょうけい（よしつね）	小山順子
28	後鳥羽院	ごとばいん	吉野朋美
29	二条為氏と為世	にじょうためうじ ためよ	日比野浩信
30	永福門院＊	えいふくもんいん（ようふくもんいん）	小林守
31	頓阿	とんな（とんあ）	小林大輔
32	松永貞徳と烏丸光広★	ていとく みつひろ	高梨素子
33	細川幽斎	ほそかわゆうさい	加藤弓枝
34	芭蕉＊	ばしょう	伊藤善隆
35	石川啄木	いしかわたくぼく	河野有時
36	正岡子規★	まさおかしき	矢羽勝幸
37	漱石の俳句・漢詩＊		神山睦美
38	若山牧水＊	わかやまぼくすい	見尾久美恵
39	与謝野晶子＊	よさのあきこ	入江春行
40	寺山修司	てらやましゅうじ	葉名尻竜一

第Ⅲ期　20冊　2012年（平24）6月配本開始

41	大伴旅人	おおとものたびと	中嶋真也
42	大伴家持	おおとものやかもち	池田三枝子
43	菅原道真	すがわらみちざね	佐藤信一
44	紫式部	むらさきしきぶ	植田恭代
45	能因	のういん	高重久美
46	源俊頼	みなもとしゅんらい（としより）	高野瀬恵子
47	源平の武将歌人		上宇都ゆりほ
48	西行	さいぎょう	橋本美香
49	鴨長明と寂蓮	ちょうめい じゃくれん	小林一彦
50	俊成卿女と宮内卿	しゅんぜいきょうじょ くないきょう	近藤香
51	源実朝	みなもとさねとも	三木麻子
52	藤原為家	ふじわらためいえ	佐藤恒雄
53	京極為兼	きょうごくためかね	石澤一志
54	正徹と心敬	しょうてつ しんけい	伊藤伸江
55	三条西実隆	さんじょうにし さねたか	豊田恵子
56	おもろさうし		島村幸一
57	木下長嘯子	きのした ちょうしょうし	大内瑞恵
58	本居宣長	もとおりのりなが	山下久夫
59	僧侶の歌	そうりょのうた	小池一行
60	アイヌ叙事詩ユーカラ		篠原昌彦

『コレクション日本歌人選』編集委員（和歌文学会）

松村雄二（代表）・田中　登・稲田利徳・小池一行・長崎　健